JN070290

「皆続きなさい！
招くというなら訪ねてあげましょう！
ヤツの晴れ舞台を血で染め上げるためにね!!」
ブラッディマリー
異世界で土地を買って農場を作ろう
9
Let's buy the land and cultivate in different world
著 岡沢六十四
Illustration 村上ゆいち

「ジュニア～。肉だぞ肉～。
肉美味しいぞ～？」
「ギャー！
やめなさい
離乳食にしても
肉は重過ぎる!!」
聖者キダンJr
ヴィール
プラティ

アロワナ王子

「安心なされ
アードヘッグ殿！
私たちがついて
おりますぞ！」

「本当にガイザードラゴンに
なってしまった……！
これからどうしたら……!?」

アードヘッグ

ベレナ
「何これ可愛い！」
「やめろ！ この偉大なる竜の皇帝に無礼なああぁッ!!」
「かぁ～わぁ～いいい～!!」
アル・ゴール
バティ

岡沢六十四

Illustration 村上ゆいち

異世界で土地を買って農場を作ろう

9

Let's buy the land and cultivate in different world

contents

Let's buy the land and cultivate in different world

究極の試練・実家挨拶

―Let's buy the land and cultivate in different world―

楽園島と呼ばれる島には、美しい自然だけでなく建物もあった。

気品ある様式の、大きな屋敷がいくつも……。

「他国の使者を迎える迎賓館や、滞在用の邸宅だな」

一緒に歩きながらアロワナ王子が説明してくれる。

「侮られてはいけないため、これらの屋敷も一級のものを用意させた。大陸からドワーフの職人を呼んでな。すべて彼らが建てたものだ」

「ほおおお……！」

歩いていくうちに、一番奥の建物に着いた。

島にある中で一番大きく豪華な建物だった。

「王族の滞在屋敷だ」

その家の前に男女が一人ずつ、計二人並んで立っていた。

それなりに歳のいった、熟年夫婦といった感じだった。

まさかあれが……!?

「パパ！　ママ！」

ジュニアを抱えるプラティが言った。

やはりあの夫婦が、人魚国を治める人魚王夫妻。

プラティはジュニアを抱いたまま熟年夫婦の、奥さんの方の腕の中へと入る。

「あらあらプラティちゃん？　アナタもお母さんになったというのに甘えん坊ねえ？」

と熟年夫人は言った。

「我らの母、人魚王妃シーラだ」

アロワナ王子が説明してくれた。

アロワナ王子とプラティのお母さんだけあって、けっこうなお歳のはずだが、そうとは思えないほど若々しく美しい。

せいぜい二十代としか思えず、プラティと並ぶと母娘どころか仲のいい姉妹のようだ。

しかしそれでも年齢相応の気品は漂っていて、プラティよりもお淑やかなお姫様であるかのようだった。

そしてもう一方……。

「もっす！」

あちらの男の方は、プラティたちのお父さん人魚王で間違いないよな？

外見気配共に年齢に相応しい、筋骨逞しい王者の風格。

「人魚王ナーガスだ……！」

そう言ってアロワナ王子、父親の下へ進み出る。

「父上、不肖アロワナ、修行の旅より帰ってまいりました」

「もっす！」

バゴンッ！　と……。

お父さん人魚王が、アロワナ王子を殴った!?

なしてッ!?

「ぬううううううぅんッ!!」

しかしアロワナ王子、ハンマーを叩きつけてくるような父親の鉄拳を、真正面から受け止める!?

荒ましい衝撃。足元の地面に亀裂が入るも、王子自身は一歩たりとも後退しない!?

「おお……ッ!?」

「ナーガス陛下のオルカパンチを受け止めきるとは……!?」

「アロワナ王子、修行の旅で本当に成長なされた……!?」

と周囲にいる兵士やら執事やらメイドやら驚きどよめいている。

「もっす……!?」

「我が成長、おたしかめいただいただろうか？　ではこちらからも……!!」

バゴゴンッ！　と……。

今度はアロワナ王子が父親を殴り返す!?

固く握った拳が、人魚王の胸板にヒット！

「もすうううううッ!?」

凄まじい衝撃が、空気の圧となって四方八方に飛ぶ。

パンチの威力に耐えきれなかったのか、人魚王は一歩、二歩よろめき後退した。

「……初めて、私の拳で父上を動かすことができましたな」

「もっす!!」

父子は固く抱き合うのだった。

再会の喜びを噛みしめ合うように。

……。

ところで何であのお父さん、さっきから『もっす』しか言わないの!?

俺や、それ以外の同行者全員が、あまりに豪快な展開に呆然としていると……。

ドカン、と。

さらに豪快な展開が発生した。

なんとプラティが、父兄であるナーガス王アロワナ王子に爆炎魔法薬を投げつけたのだ。

「だから煩くしないで！　ジュニアが起きちゃうでしょう!!」

だからアナタの巻き起こす爆発の方が轟音なんですが。

「あらあら、プラティちゃんもすっかりお母さんね。何よりも我が子のことを気にするなんて……!」

「ママ見て見て、これがアタシの赤ちゃんよ！　ママにとっては初孫でしょう？　輪を掛けて可愛いでしょう?」

「アラ、もうアタシもお祖母ちゃんってわけ？　困るわあ、まだまだ現役でいたいのに」

「現役って？」

「恋の現役よ。まだまだ陛下の子どもを生み殖やしたいわあ」

濃いぃぃ。

人魚王家の一家濃いぃぃ。

プラティを嫁に貰った俺も、今やその一員なんだけど。

まともについて行ける自信がない……！

「あっ、そうだ！」

プラティが弾けるようにこっちに帰ってきた。

「パパ！　ママ！　紹介するわ、この人がアタシの旦那様よ!!」

ついにこっちに紹介が来たあああああああッ!?

「あらあら」

「もっすもっす」

ついに来るべき時が来た。

ご両親への挨拶という、一世一代（そりゃ一生に何回もあったらダメだが）のイベントが始まる！

＊　　＊　　＊

「申し訳ありませんでした」

まず土下座から始めた。

「娘さんとの結婚を許可なく進めてしまい、あまつさえ挨拶がこんなにも遅れて申し訳ありませんでした」

「旦那様、別にそこまで全力で謝らなくてもいいのに……！」

いや謝る。

謝りすぎて損することはない。

既に場所は屋敷の内へと移り変わり、人魚王一家は揃って長いソファに座っていた。

「いいんですのよ、ウチの娘が押しかけていったという事情は聞いておりますもの。むしろこんなジャジャ馬を貰ってくださって本当に感謝しますわ」

「もっす！」

「あの当時は、魔族や人族から無茶な要求があって複雑な状況でしたからドタバタするのは仕方ありません。結婚の申し出自体は有り難いのですが、他国の王室に嫁がせるのは娘が大変そうで……」

「もっす！」

王妃様が話しているのは、プラティが国を出るきっかけとなった騒動。

プラティの英才を聞きつけて魔国人間国の双方から嫁取りを望まれたと、俺も聞き及んでいる。

「もっす！」

「娘には幸せな結婚をしてほしいと願っておりましたから、あの子がみずから選んだ先に嫁いだということは私たちにとっても幸せなこと」

「もっす！」

「幸いプラティのことを大事にしてくださっているのは、色々な方を通じて伝わってきますし、こうして孫の顔まで見せてくださったのです。これ以上のことを望んでは海神様のバチが当たりますわ」

「もっす！」

「ふつつかな娘ではありますけども……」

「もっす！」

「どうか末永く可愛がってあげてください……」

「もっす！」

「……ましね」

「もっす！」

もっすもっす煩え。

しかしまあ、ご両親への挨拶は円滑に進んだようで一安心した。

「さあ、挨拶も済んだところで、本格的な歓迎をいたしましょう。プラティちゃんの旦那様には国を挙げて歓待いたしたいと思っておりますので、どうかこのまま人魚国の本国へとお越しなさいな」

「もっす！」

人魚国本国？

たしか現在地であるここは、他国からの使者を応対するための迎賓館。

人魚たちが住む人魚国の本国は、また別にあるという。

「凄いわ旦那様！」

プラティが嬉しそうにはしゃぐ。

「陸人が本国に足を踏み入れたことってまだないのよ！　旦那様が歴史上初めてになるんじゃないかしら!?」

「えー？　おれたちも入れてくれるんだよな？」

ヴィールが不安半分不満半分に言うと……。

「もちろんですわ。娘と婿さんのお友だちも大事なお客人。共に本国で歓迎させていただきます」

「やったー！」

喜ぶヴィール。

そして俺たちは海の底、人魚国の首都へと進むことになった。

人魚国本国へ。

しかしどう行けばいいんだ？

「改めて聞くけど、人魚国の本国というのはどちらにあるの？」

「海の中」

だよねえ。

人魚さんたちはともかく、異世界からやって来たただの人間の俺は海中で活動なんかできないぞ。

溺れ死ぬのみ。

そんな俺がどうやって人魚の領域へ踏み込めばいいのだ？

「ご心配のようね？　でも大丈夫よ、アナタがいらっしゃると聞いて色々準備をしておきましたから」

シーラ王妃。

プラティのお母さんが微笑（ほほえ）ましげに言う。

「陸人（おかびと）の方が溺れないように本国に行き着ける特別な仕掛けをね」

俺たちは移動する。

＊　＊　＊

着いたのは、楽園島の端。

小さな入り江だった。

「ここから本国へ向かいます」

言いつつシーラ王妃やプラティは、薬を飲んで人魚の姿に戻っていた。

明らかに海に入る準備。

「旦那様、ジュニアをお願い」

「んむ」

俺と同じく肺呼吸オンリーだろうジュニアは、母の手から俺へ。

いや、人魚族とのハーフであるジュニアなら水の中でも何らかの優位性を生まれ持ったりしているのかもしれないが、そこは今、検証すべきではない。

いずれこの子が大きくなった時に、自分でたしかめてもらうとして……。

「俺と一緒に海に入ろうなー」

「おれがジュニアを持つ！　おれがー！」

ヴィールがジュニアを抱きたがったが、ここは父親の役目。

こらえてくれ。

代わりになんかあった時はヴィールのドラゴンのパワーに頼らせてもらおう全面的に。

シーラ王妃から何かの液体をさっと振りかけられた。

すると俺を何やらがズモモモ……っと包み込み、周囲を密閉するように覆った。

これはシャボン玉？

シャボン玉に包まれているのか俺たちは？

「これで海の中に入るんですよ。陸人が溺れないように最新開発した魔法薬なんですのよ？」

「いや、これ作ったのアタシだから……！」

プラティが言う。

「ヘンドラーから依頼受けて『何に使うんだろう？』と思ったんだけどガッツリとアタシの一家のためじゃない！　なら一言ぐらい言ってよ！　そもそもなんでアタシに作らせるのよ？　一流魔法薬学師を多数抱える人魚王宮!?」

「だってぇー、プラティちゃんに任せるのが一番確実なんだもんー」

王妃様がクネクネしなを作るのを見て『年甲斐（としがい）ないな』と思ってしまった。

「ホラ、お母さん薬学魔法全然ダメでしょう？　そんなアタシから生まれたのにプラティちゃんたらすっかり天才になってしまって。自慢したくなるのよ？」

「くッ……!?　まあ必要なものだからいいけど……!?」

そうして海に入る俺たちだった。

「おお、本当に海の中でも呼吸できる……!?」

海中でもシャボン玉は割れたりせず、しっかり俺の周囲に空気を保持している。

ちなみに一つのシャボン玉の中に俺、ジュニア、ヴィールの三人が入っていた。

シャボン玉は、俺たちごとどんどん海底奥深くへ沈んでいく。

「しかし大したシャボン玉だよなあ。下へ向かっていくってことは、高い水圧にも耐えられるように作ってあるってことだろ？」

「あ、そういえば水圧のことまったく考慮してなかったわ」

「ちょっとおおおおおおッッ!?」

だったらある程度深いとこ潜ったら水圧に押し潰されて割れるじゃん!?

そしたら水が入ってきて俺とジュニアは窒息死!?

「仕方ないな、だったらおれが竜魔法でシャボンを強化してやる」

とヴィール。

いつでもどんな時でも頼りになるドラゴン。当人がその気になればだけど。

「あ、これ思った以上に調整が難しい。あんまり魔力流し込むとシャボンが耐えられずに割れる……!?」

頑張って！

ヴィールならできるよ！

そうこうしているうちにシャボンはどんどん潜行していき、もはや日光すらも届かず真っ暗になる。

しかし。

俺は海の中に『それ』の存在を感じ取った。

たとえ暗くて視界が封じられようと感じ取れた。

「さ、着きましたわ」

海底に魚がいた。

ただの魚ではない。巨大な魚だ。

ただ単に巨大という言葉では足りないくらいに巨大。

あまりにも大きすぎる！

あの巨魚の前では、ドラゴン化したヴィールですら小虫程度のスケール比だろう。

「なんだあの魚は……!?」

あれだけの巨体というだけで体の芯から根源的な恐怖が湧き出してくる。

これだけ大きな魚をすっぽり隠してしまう海の壮大さにも重ねて畏怖が湧く。

「あれが人魚国よ」

「は？」

「あの魚自体が人魚国の首都」

何を言っているかわからなかったが、接近するごとにやがてその意味を理解できた。

プラティとシーラ王妃は、俺のシャボンを引っ張ったまま泳いで巨魚に近づき、なんとその口の中に入ってしまったのだ。

「えええええ……ッ!?」

俺たちのシャボンも一緒に入る。

巨魚の口から入って内部を進み、しばらく行くと、やがて水のないところに出た。

空気がある。

俺たちはそこに上がって。

「じゃあシャボンはもう必要なし。お疲れ様ー」

プラティが言って、また何かしらの魔法液を振りかけると、シャボンは音もたてずに割れて消え去ってしまった。

でも平気だ。

重ねて言うが、ここには空気があるから。海底なのに。

「あの魚の体内なんだよな？　ここ……!?」

「旦那様ー、もうジュニア返してー」

プラティも再び薬で地上人の姿となり、さっそくジュニアを抱きなおした。

「この巨大魚は、名をジゴルと言います。海神ポセイドスが人魚族に与えたものです」

シーラ王妃が説明してくれた。

「その昔、海中に安住の場所なく、岩陰などに隠れ住んでいた人魚たちを憐（あわ）れんだ海神が、この魚を遣わされたと言います。生物でありながら口に入れたものを消化することがなく、しかも自由に出入りできる巨魚の体内は人魚族の格好の住（す）み処（か）になると」

そうして人魚たちは巨大魚ジゴルの体内に住み、そこに家や文明まで築いていった。

「それが人魚国なのか……!?」

「いまや巨大魚ジゴルは人魚国の首都であり、人魚国の国土そのもの。全人魚族の八割以上がこの中で暮らしているのよ」

巨大魚の体内が人魚の都市。

いかにもファンタジーっぽい設定だ。

「あの門を潜ったら、まさに人魚国の領内。きっと国民皆で歓待してくれるでしょうね？」

シーラ王妃の示す先には、たしかに大きな城門があった。

今は固く閉ざされて、向こうの様子を窺い知ることはできない。

「ママ、早く入っちゃわないの？」

「もう少しお待ちなさい。あとから来る人たちがいるでしょう？」

あとから来る人？

同じ瞬間、背後からザバンと水音がして、筋骨たくましい男たちが巨大魚体内に上陸してきた。

「もっす！」

ナーガス王とアロワナ王子ではないか。

そしてそのさらに後ろからパッファ、ソンゴクフォン、ハッカイ、アードヘッグさんと修行の旅の仲間たちが。

「そうか、彼らも来てたのか」

「別のシャボンに入ってもらって、夫とアロワナちゃんに引いてもらってたのよ」

……あれ？

でもシャボンの痕跡がないし、ソンゴクフォンやハッカイなど非人魚族の皆さんもびしょ濡れだぞ？

……。

途中でシャボン割れたのか。

「随分遅かったんじゃない？　すぐ後ろに付いていたと思ったのに」

「すみません母上。出発前に、特別ゲストを迎えるのを手間取ってしまいましてな！　あと途中でシャボンも割れるし……！」

やっぱり割れたのか。

いやそれより……。

特別ゲスト？

一体誰のことだ？　と俺が訝るのと同時にまたザバンと水音が上がった。

最後に上陸してきた一人。

彼が件の特別ゲストってことか？

でも……。

「アナタは……!?」

クーデターの末路

吾輩はビランビラン。

人魚国の行く末を真に憂う者である。

今、人魚国は未曽有の危機を目前としている。

戦争の終結。

永遠に続くかと思われた人間国と魔国の戦争。それが終わったのだ。

勝ったのは魔国。

つまり魔族たちの国。

勝利を得た魔族たちは日の出の勢い。さらなる勝利を味わうため新しい敵を求めるに違いない。

それこそ我ら人魚族だ。

三大種族と言われるほどに並び立つ強種族のうち、戦争に係わらず残ったのは我ら人魚族だけなのだから自明の理。

戦争が起きれば、我々人魚族は甚大な被害をこうむるだろう。

人族の二の舞となって、魔族の支配下に組み込まれるという最悪の展開もありうる。

だからこそ魔国との戦争勃発だけは絶対に避けなければ。

そのため必死の運動をしなければならないのに、愚鈍な人魚王族は何もしようとしない。

今ある平和を貪るのみだ。

これではいけない。

義務ある者が動かないのであれば、国を真に憂うこの吾輩こそが立って国を導かねば！

ゆえに吾輩こそが真なる憂国の英雄なのである!!

＊　＊　＊

さて。

同じ志を持つ仲間も集まり、我ら憂国人魚団はそれ相応の規模となった。

これならば実質的な行動を起こすこともできる。

人魚国を滅亡から救い出す行動を。

何よりもまずすべきは、魔国との関係強化だ。

陸の覇者・魔族との親交を結び、友好関係を築き上げて、攻め込まれるなどありえない状況にするのだ。

そのためにもっとも有効なのが政略結婚だと考える。

魔国の主（あるじ）、魔王の下に人魚王族の娘を嫁がせれば、魔国と人魚国の王室は親戚関係となり、結びつきは増す。

実は、その話は以前あったのだ。

人魚王の長女、プラティ王女に魔国から嫁入りの申し込みがあったのだが、結局決まらぬまま流れてしまった。

あの時、素直にプラティ王女が結婚していればこのように思い悩むこともなかったのに。

人魚国は安泰だったのに。

しかし過ぎたことを悔やむのは無駄。

未来を見据えなければ。

今からでも遅くない。

プラティ王女を魔王と結婚させればいいのだ。

そうなれば魔国と人魚国は心腹の友となり、平和は永遠に続くだろう。

人魚王ナーガス陛下には他にも姫君がいらっしゃられるが、中でももっとも美しく、天才の呼び声高いプラティ王女が一番いいに違いない。

贈り物は高級品でなくては。

しかし、そのプラティ王女が他の誰とも知れんヤツと結婚し、人魚国から去られてしまった。

何としてでもプラティ王女を連れ戻して、魔国に嫁がせなければ。

憂国人魚団の総力を結集して探すのだが一向に見つからない。

そうこうしているうちに朗報が舞い込んだ。

プラティ王女みずから人魚国に舞い戻ってきたというのだ！

これこそ絶好の好機！

我らの手でプラティ王女を確保し、我らの手で魔国との交渉を進めて結婚を成立させるのだ！

それこそ、人魚国を救うためにすべきこと！

＊　＊　＊

その日。

プラティ様が里帰りされるというその日。

国を出入りするための正門前には、出迎えの観衆が山のように詰めかけていた。

皆王族を慕い、その姿を一目見ようと集まってきた者たち。

平和ボケしたバカ者どもだ。

その人ごみの中に、我ら憂国人魚団の勇士も紛れ込んでいた。

「いいか、手順を確認するぞ？」

吾輩は、一隊を任されたリーダーとして、率いる同志たちに言う。

「もうすぐ正門よりプラティ王女が入ってくる。そこを我らで強襲し、王女の身柄を確保するのだ」

そして魔国へと嫁がせる。

「警備兵との激しい戦闘になるだろうが、邪魔を排して必ずプラティ王女をお連れあそばすのだ！

この一戦に人魚国の命運がかかっていると心得よ！」

「あの……、リーダー……」

兵員の一人がおずおず尋ねてきた。

「本当にいいのでしょうか？　聞くところによるとプラティ王女は結婚して、子どもも生まれたとか。その子を国王陛下に見せるための里帰りなのでしょう？」

「それがどうした？」

「いやあの、既に家族がいるのに、それと引き離すのは可哀相というか……!?」

下らんことに拘る兵員だ。

だから下っ端なのだ。

「いいか、プラティ王女は王族だ」

「はい……!?」

「王族は、国家のために犠牲にならなければならないのだ」

身を挺して国を危機から守る、国を救う。

それこそ王族の義務であり、存在意義だろう。

「魔国に嫁入りすることも、そうした犠牲行為の一つなのだ。王族たる者、自分の望む相手より、国家の益になる相手に嫁入りするのは当たり前のこと」

むしろそれをしないプラティ王女が我がままなのだ。

我らはその我がままを正してさしあげると考えればよかろう。

「むしろプラティ王女が蟠りなく新たに嫁入りできるよう。前の夫と子どもをその場で斬殺してもいい。そうすれば心置きなく魔国へ嫁入りできるであろう」

「……ッ!?」

よし、王女が来る。

ぬかるなよ。

正門が開いて、王女の存在をしっかり確認できたら作戦決行だ。

成功した暁には、我ら憂国人魚団は救国人魚団となり、人魚国で政治の主導権を握るのだ！

正門が開いた！

誰か入ってくるぞ！

しっかり確認しろ！　王女ならすぐに飛び出して……！

……あ。

違う？

王女じゃない、王子だ。

アロワナ王子!?

ここ最近公の場に出てこなかった王子が何故今!?

「皆の者ただいま！　王子アロワナただ今修行の旅から帰って来たぞ!!」

周囲の出迎え観衆から、大きな歓声が上がった。

コイツらに紛れて吾輩たちも隠れられているのだが、周りで騒がれると煩い。

「まさかこのタイミングでアロワナ王子まで帰ってくるとは……!?」

国難の時期に、呑気に武者修行になど出た。時勢を読む能力がまるでない。

こんな凡愚が人魚王になったら、それもまた国難となろう。

「帰って来て早々だが、皆に紹介したい方がいる。我が心腹の友で、他国の重要人物……！」

ん？

「魔王ゼダン殿だ!!」

ん？　あれ？

何やらアロワナ王子の隣に、いかにも屈強そうな魔族が並んで立っている？

しかもなんか見覚えがある？

あれは間違いなく魔国の主、魔王ゼダン？

「修行の旅の途中、魔都への訪問は済ませており平和協定の調印に合意してある。今日はそれに沿って魔王殿の方からも人魚国に訪問いただいた!!」

「アロワナ王子は、稀代の英雄！　そんな彼と並び立って国を統治していくことは、両国にとって何よりの幸福である!!」

……。

我々、憂国人魚団は第一の交渉相手として、肖像画などで魔王の顔を見知っている。

だから間違いなく言える。

あれは魔王。

アロワナ王子、修行の旅と称して魔王と親友に!?

我らの目的は、プラティ王女を嫁入りさせて魔国との関係強化することだったのに。

既にアロワナ王子が達成させていた!?

じゃあ我々の立場は!?

「さらに紹介したい方がいる！」

「我々の友情を取り持ってくれた、三人目の友！　その名は……！」

「『聖者キダン殿だ!!』」

アロワナ王子と魔王に続いて、三人目の男が門から出てきた。

これは何の変哲もない、ヒョロッとした男だが。

……その隣に赤ん坊を抱えたプラティ王女が!?

「この聖者殿こそ、我が妹プラティの夫にして、世界の全能者の一人！」

「聖者殿の下でこそ、人魚国と魔国との平和が実現する！」

魔王とアロワナ王子がテンポよく口々に語る。

息ピッタリじゃないか……！

「もし、聖者殿に危害を加える一団がいたらどうなさる？　魔王殿？」

アロワナ王子の質問に、魔王溜めて……。

「滅ぼす」

答えた。

「私も同意見だ。我が妹プラティを娶った聖者殿は我が義弟。その一家総ぐるみに危害を与えようとする者は人魚国全体の敵とみなす！」

…………。

これもしや……。

吾輩たちに言ってる？

吾輩たちの企てに気づいている!?

「逆賊ビランビラン」

背後からいきなり声を掛けられたッ!?

誰だ!?

お前は、ベタ家のヘンドラー!?

しかも人魚衛兵を引き連れて……!?

「お前たち憂国人魚団を名乗る暴徒が、王女襲撃を計画しているのはとっくに露見している。大人しく縛につけ」

「貴様……、論客風情が……!?」

「見ただろう。貴様らごときの不安などアロワナ王子がすべて解決済みなのだ。偉大なる支配者を信頼できず、軽挙妄動する粗忽者（そこつもの）など、アロワナ王子が治める新たな人魚国に必要ない!!」

おごッ!?

「よって排除する！　衛兵よ、残らず引っ捕らえろ!!」

バカなッ!?

何故吾輩を拘束する!?　何故罪人のような扱いをする!?
吾輩は人魚国の未来を憂いて……!?　国のために……!?
やめろ!
猿轡を噛ませるな!
ぐごごごごごご……!?

「いや、上手くいったなあ!!」

「ビックリするほどに!!」

アロワナ王子と魔王さんが揃って高笑いしている。

俺です。

この王者二人が並ぶと壮大極まりないんだが。

「狙い通り、不逞の輩五十人を現行犯として検挙できました。それらに泥を吐かせれば、より多くの不埒者どもの致命傷となりましょう」

「人魚国が安定して、よいことだ。我らの友好で結ばれた新時代は、健やかな御世となることだろう」

魔王さん、このために俺とタイミングを同じくして人魚国への電撃訪問を実現されたのだとか。

最初、見慣れたこの人が上陸してきた時は『なんでいるの?』と驚いたものだが、効果は覿面。

『魔族は人魚国に攻め込んでくるのではないか?』という漫然とした不安を一気に吹き飛ばすことができた。

ここで解説。

人魚国には、なんでも人魚王族に反抗する分子が燻っていたらしい。

魔国と人魚国が戦争するかもしれないという不安も、そうした一派らによって煽られたものだ。

そうした連中が増長するようアロワナ王子たちは、あえて隙を作った。

そこへ釣られ出てきたところで一斉検挙。

アロワナ王子の修行の旅には、そんな意味も含まれていたのだ。

「これで明日にでも魔王殿と共に平和条約の調印式を執り行えば、人魚国の安定は確固たるものとなる。不埒な輩も身動きがとれまい」

そういうことを逐一考えながら行動する王族怖い。

俺には想像も及ばない世界だ。

俺の奥さんも王族の一人だが、今は隣で慎ましやかにジュニアのおしめを取り替えている。

このささやかな暮らしが、いつまでも続きますように。

俺たちは既に、人魚王さんたちの家族が日常的に暮らしているお城へ到達していた。

内部は不思議な構造で、屋内にまで川が流れており、人魚たちはそこを泳いで移動する。

岸辺というべき区画も設えられていて、泳ぎ疲れると上がって休憩し寛ぐのだそうだ。

人魚国の都は、総じてそんな感じの構造で、街中いたるところに運河が張り巡らされている。

まるでヴェネツィアって感じの街並みだ。

運河は室内にまで入り込んでいて、人魚たちの通り道となっている。

そんな複雑かつ満ち足りた設備が、一匹の大魚の体内にあるというのだから改めて驚きだ。

話によれば、この巨大魚の体内はいくつかの区画に分かれていて、ここのように半水半陸のハーフエリアもあれば、完全に水で満たされた満水エリアもあるのだとか。

人魚たちは好みで住み分けているんだろう。

益々(ますます)至れり尽くせりだ。

そんな秘境・人魚の都は最強種ドラゴンにとってすら珍しいようだ。

「ほー！　広いなあ！　ここがデッカイ魚の腹の中なんて信じられんなあ！　なあアードヘッグ!?」

「そうですなヴィール姉上」

「こんなにデッカイと、おれたちが元の姿に戻っても大丈夫なんじゃないか？」

「まさしくそうですなヴィール姉上」

「実際に試してみるか!?」

「やってみましょうヴィール姉上！」

やめなさい。

ヴィールとアードヘッグさんがドラゴン形態に戻ろうとするのを慌てて止める。

容積的に問題がなくても、ドラゴン二体が突如現れたらパニックに陥るでしょうが。

特にアードヘッグさんなんか分別ありそうな紳士に見えたのに所詮ドラゴンじゃないか。

あと、王宮では他のプラティ弟妹たちとの再会で賑(にぎ)やかだった。

プラティのとこはアロワナ王子、プラティ、エンゼルの三人兄妹だとばかり思っていたが甘い。

まだまだたくさん膨大にいた。

弟二人に妹四人。

しかも恐ろしいことに、これからまだ殖える予定があるらしい。

人魚王夫妻の仲睦まじさ、留まるところを知らず！

って感じ。

「負けてられないわ旦那様！　ウチもこれからさらに殖やすわよ!!」

その遺伝子を受け継いだプラティが対抗意識を燃やすのだった。

「うむ！　ウチもアスタレスやグラシャラと共に子だくさん王室を目指すぞ!!」

魔王さんまで感化されている!?

まあ次世代を担う子どもがたくさん増えるのはよいことだから反対表明もしないけど。

富国強兵、富国強兵。

そんな感じで人魚国の滞在は和やかに過ぎていくかと思われたが……。

＊　＊　＊

「父上、母上、お話がございます」

ここでアロワナ王子が動いた。

そう、今回の訪問はプラティの里帰り、この俺の結婚の御挨拶、人魚王夫妻に孫の顔を見せてあげることの他にもさらなる意義がある。

修行を終えたアロワナ王子帰還の意味合いもあるのだ。

彼こそ人魚王の正統な後継者である以上、こっちの方が重大なんじゃない？

しかし王子は、俺たちに気を配ってなのか、こちらの要件がすべてつつがなく完了するのを待ってくださっていた。

本当によくできた人だ。

「アロワナちゃんにも、お迎えの挨拶が遅れてごめんなさいね。久しぶりに会えてママ嬉しいわ」

「もっす！」

両親共に息子の帰還を喜ばれる。

「修行の成果もあって、強くなったのが見ただけでわかるわ。とても有意義な旅だったようね」

「母上のおっしゃる通りです。陸の困難は、私に様々なことを教えてくれました。これから国を治めていくのに欠くべからざることも……」

「こっちにいらっしゃい……」

「え？」

返事も聞かず人魚王妃は、息子であるアロワナ王子をその胸に掻き抱いた。

今なお若々しい張りのある乳房にアロワナ王子の顔が埋もれていく。

「母上えええッ!?　いい加減そういう戯れはおやめに……ッ!?」

「いいではないの。アナタが赤ちゃんの頃抱かれていたこの胸に、たまには戻ってきてくれても」

二十歳超えた大の男には実にしんどい攻撃だ。

どれだけ成長しようと母親の前では子どもでしかないという事実を突きつけられる！

「こうしていると、アナタが一生懸命アタシのおっぱいに吸い付いていていたのが昨日のことのようだわ。本当に可愛いアタシのぼうや……」

「ちょっと待ちな」

母の幸福一杯の王妃様に物申す声。

それは……。

「パッファ？」

アロワナ王子旅の仲間として同席していたパッファだった。

今まで妙に静かだったのに、持ち前の切れたナイフっぽさが露出？

「その扱いは、次期人魚王に対するものとしてあまりに軽率ではないかい？　王は国家の父とも呼ばれる。父たる者を子どものように扱っては、民からの軽侮の元にもなりかねないよ」

「…………」

ヒィッ!?

なんか王妃様の表情が死ぬほど冷たい!?

しかしその冷たさは一瞬のもので、すぐさま朗らかな微笑へと戻った。

あまりに瞬時だったので、俺一人だけの錯覚かと思えたほどだ。

「アナタの言う通りだわ。アロワナちゃんも、これからダーリンの次を担って責任ある立場になるのだから、相応の扱いをしてあげなくちゃね」

「……ははッ」

「よく諌めてくれたわ。アナタいい子ね、お名前は？」

「パッファと申します。出過ぎたマネをしました」

パッファが敬語で喋ってるうう……!?

この一種独特な雰囲気に、皆が緊張感を持った。

ウチのジュニアまでゴクリと息を飲んでいる。

「……それで父上母上、話の続きなのですが」

「ああ、そうだったわね。アナタが何か喋りたいことがあるのに腰を折ってしまって。何が言いたいのかしら？」

「私もそろそろ、身を固めようかと思いまして……」

その主張に、またしても王妃様の表情が翳る。

「……そうね、アナタも王位につくからには相応の妃を娶らなければ」

「もっす！」

「実のところ、嫁入りの申し出は多く来ているのよ。いずれも人魚国名門の淑女から。この中から選定してもっとも次期王妃に相応しいマーメイドレディを……」

そう言って何やらお見合い写真っぽいものを山ほど出そうとしてくるが……。

「いいえ母上、我が伴侶となるべき者は、既に私の方で決めてあります」

アロワナ王子が言った。

「このパッファこそ、我が生涯の連れ合いとなるに相応しい。どうか父上、母上の許可を頂きとうございます!!」

そう言ってアロワナ王子は、パッファを肩から抱き寄せた。

その瞬間、今度は誰もが気づいた。

人魚王妃から魔王もビックリの禍々しい気が発せられていることに。

……いくさが始まる。

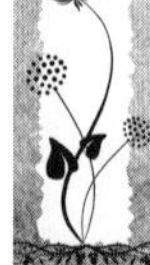

人魚王様が即座になんか言ったが即座に奥さんに窘められてシュンとなった。

恐らくあれは『許可!』という意味での『もっす』だったのではあるまいか。

すべての意図を『もっす』一言語で表現されても困るのだが。

「……アロワナちゃん」

王妃様、改めて向き直る。

アロワナ王子とパッファの息子カップルに対して。

「ママは、アナタのことを心から愛しているわ。アナタの人生は徹頭徹尾幸せなものであってほしいと願っています」

「ならば、結婚の許可を」

迫るアロワナ王子。

「私も自分の立場は弁えています。敬愛する父と母に祝福されて結婚したいのです!」

グイグイ押すなあ。

アロワナ王子のああいう押しの強い気質は、修行の旅で身に付いたものだろうか。

以前はなかった気がする。

政策で主導権を握るためにも重大な要素になりそうだなあ。

「そう、ところでパッファさんと仰りましたわよね？　学校はどちらをお出になっているのかしら？」

「……特にどこも。薬学魔法はほぼ独学で修めました」

薄氷を踏むたびにパリッ、パリッとひび割れる音のような幻聴が、部屋中に響き渡っている。

なんだこの緊張感!?

「それはいけませんわねえ。王妃が無学者では、国家の体面に傷がついてしまいますわ」

「学校を出ていないだけで無学と決めつけることこそ蒙昧では？　アタイの作る魔法薬は、その辺の高学歴エリートより出来がいいですよ？」

「自信家でいらっしゃるのね。世間を知らない小娘ほど気宇壮大だわ」

「これでもアロワナ王子と共に世界を見て回った身。そのアタイを世間知らずと言うなら、アナタの息子の旅も無意味だったということになりますが？」

ピシピシピシピシピシ……ッ!!

どこも壊れてないのにハッキリ聞こえる崩壊音!?

恐ろしい！

シーラ王妃とパッファの間で凄まじい覇気のぶつかり合いが!?

おかげで空気が軋んでおる!?

これがもしや、この世でもっとも恐ろしいものの一つとされる……。

嫁姑戦争!?

「母上! パッファ! その、落ち着いて、その……!」

「もっすもっすもっすもっす……!」

人魚王父子はただオロオロするばかり。

ダメだ男は。

かと言って、より関係性の薄い俺などが割って入る余地もなければ度胸もないし。

一体誰が調停を務めるべきか!?

「……ここは、アタシが出張るしかなさそうね……!」

そう言って名乗りを上げたのは……。

おお!

我が妻プラティではないか。

シーラ王妃の愛娘にして、パッファの悪友。

つまり彼女が占める、この状況での立ち位置は小姑!

「姑と嫁の間に立って、それぞれの仲裁を行うことこそ小姑の役割! この人魚王女プラティ、たまには王族の務めを果たしてやるわ!!」

頼もしいぞ我が妻!

お前の手腕で、この緊張感を少しでも緩和してくれ！

「プラティちゃんは黙ってて」

「プラティはすっこんでな」

一言にて弾かれてスゴスゴ戻ってきた。

小姑弱い。

「いいえ、負けないわよ！」

と思ったら奮起した。

「アタシも今や母親！　母は強し！　マザーパワーでジャイアントステップ!!」

頑張れー。

「ママ！　アタシの話を聞いて！」

「だからアナタとのお話は、コイツを始末してからゆっくり……」

「いいから！」

娘の放つ気迫に、シーラ王妃はひとまず体勢を改める。

凄いぞプラティ。

「実はアタシも、兄さんとパッファの結婚には賛成です！」

まずは自分の立場を明確に表明。

「何故って面白そうだから！」

動機は散々たるものだが。

「……ママは、パッファに学歴がないことから結婚に反対しているみたいだけど。アタシは問題ないと思うわ。何故ならパッファの魔法薬学師としての実力は、人魚国随一だもの！」

みずからも屈指の魔法薬使いであるプラティだからこそ説得力がある。

「ママも知ってるでしょう、巷(ちまた)で噂(うわさ)の六魔女を？」

「狂乱六魔女傑ってヤツ？」

「フルで言わなくていいから。……ともかく、ここにいるパッファは、アタシ共々六魔女にランクインしているのよ！　それこそ彼女の実力を示すもっとも顕著なものじゃない！」

六魔女に列せられることは、実質的に最高クラスの魔法薬使いと認められたことだ。

「それだけでも人魚王妃に相応(ふさわ)しいブランドだと思うけど!?」

「でも魔女には『問題児』という意味合いも多分に……!?」

「余計なことは言わんでよろしい!!」

王妃様も果敢に反論を試みる。

「プラティちゃん、学校で教えられることは魔法ばかりじゃないのよ。礼儀作法や社交の知恵とか、処世術を学ぶ場でもあるの。それは王族にとって何より大切なことなのよ？」

「そうは言っても、アタシだって学校出てないわよ？」

れっきとした人魚王族プラティ言う。

「最終学歴、マーメイドウィッチアカデミア中退!!」

誇らしげに言うことか。

「そんなアタシが問題なく王族やれて他国から結婚の申し出まで来るぐらいだから、パッファが王妃になっても大丈夫でしょう？」

「プラティ……!?　そこまでアタイのことを擁護してくれるなんて……！　お前本当はいいヤツだったんだな……！」

当事者のパッファが感涙していた。

さらにその後ろで傍観するばかりの人魚王、人魚王子父子の情けないことよ。

「だってー、アンタみたいなアウトローが将来王妃になった方が国が乱れて面白そうだし？」

「この小姑!?」

「そういえばアタシ、ママがどこの学校を出ているかも知らないわ？　聞いたこともないし、そんなママが学歴で嫁のことをとやかく言う筋合いはないんじゃない？」

プラティの援護射撃は相当的確なところを突いたらしく、王妃様は反論代わりに溜め息を吐いた。

「……プラティちゃんの言う通りよ。ママも学校に通ったことはないわ」

「やっぱり。ママ薬学魔法からっきしだもんね。学習経験なんてあるわけないと思ってたのよ」

プラティの読みは恐ろしいばかりであった。

これで王妃の『パッファに学歴がないから反対』という根拠は崩れる。

「……仕方ないわね。ではそちらの方面からの反対はやめましょう」

「反対自体はやめないのッ!?」

何故そこまで頑なのか？

「じゃあ、こうしましょう。パッファさん、アナタ狂乱六魔女傑のお一人だとおっしゃったわね？」

「……はい」

「ならば率直に、魔女としての実力をもってアナタに王妃の資格があるか試してみることにいたしましょう。実戦で」

「は？」

いきなり何を言い出すのか、とパッファもプラティも首を捻る。

そして男たちは完全に空気。

「実力を試すってこと？　やめといたら？　模擬戦させるにしても、パッファの相手なんてそれこそ同じ魔女でもないと務まらないわよ。マーメイドウィッチアカデミア主席ですら荷が重い」

物凄い言いようだが、それだけパッファの実力が高いということだろう。

「それなら、魔女には魔女をぶつけるのが一番実力がわかりやすいってことね？」

「？」

王妃様の言うことは益々意味不明だった。

六魔女の一人であるパッファを、他の魔女と戦わせるってことか？

でも誰と？

プラティ含め他の五人の魔女は全員、パッファとアロワナ王子の結婚に賛成して阻止側に回らないと思うけど？

……いや、正確には四人か？

六魔女でまだ一人だけ正体不明の方がいるんだっけ？

「戦うのはアタシよ」

「？」

「もう随分昔のことになっちゃうけど。このシーラ・カンヌが『暗黒の魔女(アドビヤー)』と呼ばれていた頃のことを思い出す時が来たようね」

などと思いもしないことを言い出す王妃。

嫁姑戦争は、今や魔女同士の対決へと突き進もうとしていた。

「はああああああああああッ!? 　ママが『暗黒の魔女』!? 　ママが!? 　あの!?」

告げられた事実にもっとも衝撃を受けていたのがプラティだった。

己が母のことだというのに知らなかったというのか。

あとあんまり大声出すのやめてジュニアが起きて泣く。

「『暗黒の魔女』と言えば六魔女唯一の正体不明！ 　『ジュゴン説』『光の屈折説』『王族が開発した実験生物説』『プラズマ説』『陰謀的捏造(ねつぞう)説』『異常気象説』など様々な論説が戦わされ、実在からして疑われる謎の中の謎！」

そんな不可解極まる存在だったの。

「それがウチのママ!?」

「そらビックリだなあ」

「兄さん！ 　パパ！ 　貴様らは知ってたの、この重要な事実をおおおッ!?」

娘兼妹から責められて、人魚王家の男どもは気まずげに身を揺すり……。

「……もっす」「知ってた」

「コイツらあああああッ!!」

プラティ憤慨。

「待て、待つのだ妹よ。別に意地悪で隠していたわけではない。すべては母上のためなのだ！」

「もっす！」

「母上はな、ご自分が『暗黒の魔女』であることを酷く嫌っておいでなのだ。だから誰にも知られたくないし話したくない。私が知ったのも偶然からだ。その時はショックで二晩部屋に閉じこもってしまったのだぞ！」

「もっす！」

言い訳がましく王子は弁明するが……。

そんなに王妃にとって魔女であることは忌まわしい過去なのか？

では何故今、進んでみずから正体を明かした？

「それだけ私とパッファの結婚に反対ということか……？」

「もっす！」

「何故だ？　さすがにそこまで全力で拒否されるとは思っていなかった……!?」

アロワナ王子の戸惑いも置き去りにして、事態は加速度を上げて進んでいく。

「いいでしょうわかりました。お義母様を倒すことが結婚の条件ならば、心を鮫にして全力で打ち砕いてごらんに入れましょう」

「アタシを母と呼ぶのはまだ早いわよ？　すべては勝負で勝ってから、我が嫁となる資格を示すのね？」

当人たちの間では勝手に決闘ムードが高まっていた。

一体どうなるのだ、この嫁姑問題!?

＊　＊　＊

決闘するにしても城の中では色々問題があるため場所を移すことにした。

なんと人魚の都である巨魚体内から出て、大海での戦いだ。

これなら周囲に被害が出ないのはもちろんだが、余人の目も絶対に届かず機密性を守れる、という考えもあるのだろう。

俺たちも関係者として観戦を許された。

俺や魔王さんなどの地上人はシャボン玉に包まれての海中観戦だ。

陽光届かぬ海底で、下半身を魚に戻した美女人魚二人が睨み合っている。

「んー、腑に落ちない……!」

俺の横にいる、観戦者兼シャボン玉を守る係のプラティ。

さっきからしきりに首を傾げている。

一体どうしたの?

「ウチのママが『暗黒の魔女』だってのがいまだに受け入れられないのよ。元々謎めいた『暗黒の魔女』だけど、まさかウチのママだなんて……!?」

「まあ、身内の知られざる一面って受け入れがたいからねえ」

でも王女のプラティだって『王冠の魔女』なんだからそこまでありえない事態じゃないのではないか。

母娘(おやこ)二代揃(そろ)って魔女。

ありえることじゃないか。

「そういうことじゃないわよ。言ったでしょう、ウチのママは薬学魔法がからっきしなのよ」

「え？」

「魔女とは、凶悪なまでに優れた魔法薬使いに与えられる称号。でもアタシは、子どもの頃からママが魔法薬を扱うところなんて見たことがない。試験管を振ってるところすら……」

だからこそ母親が魔女であるなど夢にも思わなかった。

家族としてではなく、自身卓越した魔女であるからこそ下した判断が丸ごと裏切られた。

そこにプラティは戸惑っているのか……？

そんな外野の分析はさておき、当事者たちの緊張は高まっている。

「勝つことが条件なれば、全力で打ち砕かせていただきます……！」

「下手くそな敬語なんて使わなくていいのよ？　そのガサツな育ちに相応(ふさわ)しい言葉遣いできなさい」

「……ッ!?　そういうことなら、あらゆる意味で遠慮しないよオバサン!!」

先手必勝。

魔法薬入りの試験管を投げ放つパッファ。

その中身は彼女が得意とする氷結魔法薬だろう。

元々は海こそが故郷の人魚。

ホームで繰り広げられる彼女の戦いは、地上でのものよりずっと流麗でスピーディだった。

「ん？」

魔法薬入りの試験管は、敵たる王妃に届く前に独りでに割れ、中身の魔法薬を流出させる。

海水と混じって大きな氷の塊となって、周囲を漂う。

攻撃じゃないのか？

なんであんな意味のない……？

「パッファお得意の順番だな」

同じく観戦者の列に加わるアロワナ王子が言った。

「ああして障害物としての氷塊を複数配置する。そうして相手の逃げ道を塞ぎ、また氷が発する冷気で敵の動きを鈍らせる。パッファの戦闘法は、見た目に反して非常に理路整然としているのだ……！」

そう言うアロワナ王子も一緒に旅してきただけあってパッファの考えを知り抜いている。

気心の知れた熟年夫婦といった感じだ。

「あれでもうママは退路塞がれたわねー。なんか切り札があったとしても諸共押し潰される状況。パッファってホント見た目に似合わず堅実な戦いするのよねー」

既に詰みの状況が完成しているらしい。

順序立てるが一気に畳みかけるつもりでもあるパッファは、王妃目掛けて魔法薬入りの試験管を投げつけた。

海水を掻き分け飛んでいく。

「これが当たれば勝ちだ！」

本命の攻撃用魔法薬だろう。

それを避けるには周りの氷塊が邪魔になって身動きが取れない。王妃に凌ぐ手立てはない。

その時であった。

当事者ではなく観戦者の俺たちの方に思わぬ闖入者が。

「ぬおおおおおおおおおおおおおおおッ!?」

物凄いスピードで誰かが飛び込んできた!?

俺たちのいる観客ゾーンに!?

危ねえ！　衝撃でシャボン玉が割れるかと思ったじゃないか!?

一体何が飛び込んできた!?　人？

「うおおおおお!?　マジでシーラ姉さまが戦っとるううううッ!?　なんでえええええッ!?」

それは人、というか人魚。

しかも顔見知りであった。

六魔女の一人『アビスの魔女』ゾス・サイラじゃないか!?

六魔女最年長と言われる彼女が何故ここに!?

「アホおおおッ!?　我が研究所の計測器が異様な海中ゲインを弾き出したから来てみれば！　予感的中じゃあああああッ!?　しかも悪い予感があああああッ！」

なんだ!?　何を慌ててるんだ!?

思わせぶりな態度とってないで有用な情報があれば早く喋れ！　それとも露骨な死亡フラグか!?

「ゾス・サイラ。もしかしてアナタ、ママの正体知ってた？」

プラティ言う。

「他の魔女より一、二世代上で、色々知ってるだろうアナタなら。何を慌てているの？　薬学魔法を使えないママが魔女と呼ばれる秘密は何？」

「『王冠の魔女』、ぬしらも来ておったのか。今日はオークボは一緒でないのか？」

「人魚特有の色ボケはあとでいいのよ！」

とにかく絶好の解説役を得て、話はより深まる。

「……シーラ姉さまは、薬学魔法を使えぬのではない。使わぬのじゃ」

「？」

「正確には、魔法薬などという劣化物に頼る必要などないのじゃ」

バゴン！　と。

海中でもよく響き渡る破砕音が起きた。

「あまり大きい音はジュニアが起きる!?」

見れば、シーラ王妃を囲む氷塊がすべて砕け散っていた。

彼女へ投げつけられた攻撃魔法薬諸共に。

「!?……ッ!?」

パッファも、何が起きたかわからない表情。

「パッファの布陣が破られた!? しかもたった一瞬で!?」

恐らくは王妃様の仕業だろう。

しかし具体的に何をしたか誰にもわからなかった。

一部の人間を除いて。

「あれが、シーラ姉さまの使う魔法じゃ……!」

飛び入りゾス・サイラが戦慄と共に言う。

「太古に存在し、歴史に埋もれ消えた魔法……。薬学魔法など、それを薄めた劣化版にすぎぬ。神すら恐れ、封印したという人魚族の真なる魔法……」

その名は……。

「聖唱魔法……!」

「Sie kammt es mit goldenem Kamme, Und singt ein Lied dabei; Das hat eine wundersame, Gewaltige Melodei.....」

シーラ王妃が歌いだす。

その歌声は、不思議なことに海中でも響き渡った。

海水をシャボン玉によって遮断された、空気中の俺の耳にまでクリーンに聞こえてくるほど。

「何……、この歌、普通じゃない……!?」

「何をしておるバカ弟子！　魔法薬でガードするのじゃ!!」

対戦中のパッファと、たった今闖入してきたゾス・サイラは過去師弟関係にあったという。

そんな旧師の助言でパッファは咄嗟に反応した。

魔法薬入りの試験管を割って、前面に氷の盾を形成する。

その氷の盾が一瞬にして砕け散った。

衝撃にパッファ、吹き飛ばされる。

「うぐあああッ!?」

「危なかった……！　もう一瞬遅れておれば直撃を食らうところであった……！」

師弟の縁が不思議なところで活きてきた。

「年増魔女！　一体何が起こっているの!?　ママは一体どんな手段でパッファを攻撃しているの!?」

「年増言うなあ！　大体年齢ならシーラ姉さまの方が上なんじゃぞ！　なのに存在自体を秘密にするから、わらわが六魔女最年長になっとるんじゃ！」

「そこはどうでもいいわよ！　解説！　そのために来たんでしょう!?」

プラティの強引さよ。

仕方なくゾス・サイラは解説する。

「……聖唱魔法は、歌声で魔法を操る術式じゃ。陸人の魔法は呪文とかいうので発動させるじゃろう？　あれに近いものじゃな」

たしかにシーラ王妃はさっきからゴキゲンに歌いまくっている。

その間パッファはずっと、見えない何かに殴りつけられるかのように衝撃を受け、後退している。

「さっきアンタは、その聖唱魔法ってのが人魚族本来の魔法って言ってたわよね？」

「かつては人魚も陸人と同じように、言葉で魔法を操ったんじゃ。音律も加えてな。しかし人魚族は、陸人より遥かに魔法への適性があったのじゃろう。聖唱魔法の威力は他を遥かに凌駕し、世界を崩壊させんばかりだったそうじゃ」

人魚国から離れて独自の研究を行っているゾス・サイラは、誰も知らないことも知っている。

「重く見た海の神々は、人魚族から聖唱魔法を取り上げ封印した。だが何も持たぬでは可哀相だと、代わりに薬学魔法や巨大魚ジゴルを与えたもうたという。遥か昔の話じゃ」

「その話が事実だとして、なんでウチのママは滅びたはずの古代魔法を使えるのよ!?」

「先祖返りってヤツじゃろう？　詳しい経緯はわらわにもわからんが、シーラ姉さまは生まれながらに人魚族のもっとも強力で危険な力を授かったのじゃ！」

ゾス・サイラの話によれば、幸か不幸か巨大な才能を持って生まれたシーラ王妃は、みずからの力に振り回されるように粋がっていたという。

少女時代のゾス・サイラ当人も、出会ったその場でボコボコにされた挙句、無理やり舎弟にさせられた。

そんな凶行も、宿る力の暴走にて容易く行えるのが、若き日の魔女シーラ・カンヌだった。

「『自分の歌声しか響き渡らない無明の世界にする』とかわけわからんこと抜かしてのう。わらわやカープに大術式を組ませてマジで世界を壊そうとしたこともあったんじゃ。もちろん途中で阻止されたけども……」

「阻止!?　一体誰が……!?」

「すぐそこにおるじゃろう、ほれ」

ゾス・サイラの視線を追うと、そこには年経た巨漢人魚。

「人魚王様……？」

「若き日のその男が、それはもう強引に姉さまを口説き落としてやめさせたんじゃ。世界崩壊をな。わらわたちも姉さまに逆らえんから大助かりだったが……」

そんな壮大な過去話が……!?

人魚はいつでも熱烈な恋してるな。

「もっす」

「このブ男はな、みずからの言葉と引き換えに誓約を得て、シーラ姉さまの聖唱に対抗する力を得た。それによってシーラ姉さまの懐まで入ってコクりまくってＯＫを勝ち取ったのじゃ」

人魚王陛下すげぇ。

「以来『もっす』しか言えなくなってしまったが、それぐらいでシーラ姉さまを止めやがった恐ろしい男じゃ。しかし今再び姉さまが聖唱魔法を使うとは、また世界の危機が到来しても知らんぞえ!?」

ゾス・サイラは過去の当事者ゆえに、怯え方が迫真だった。

そうこうしている間も戦いは続いている。

しかしもはや戦いとは言えない。

シーラ王妃の魔法の歌が、パッファを一方的に蹂躙するだけだった。

「Den Schiffer im Kleinen Schiffe Ergreift es mit wildem Weh; Er schaut nicht die Felsenriffe, Er schaut nur hinauf in die Hoh'……」

シーラ王妃の聖唱魔法は、歌っている間は常に効果を発揮するらしく、渦巻く海流にパッファは今にも削り潰されそうだ。

「このおおおッ!!」

パッファは一気に六本もの試験管を投げつけたが、海流に弾かれて何も効果を表さなかった。

「絶対零度の魔法薬が……!?　アタイの最強劇薬すら効かないのかよ……!?」

それでも、ここまで持ちこたえたのはパッファが類稀なる強豪の証明だろう。

人魚でも人族でも魔族でも、並の使い手なら三秒ともたずに終わっていた。

しかしそれも、もはや支えきれない。

「Ich glaube, die Wellen verschlingen Am Ende Schiffer und Kahn; Und bas hat mit ihrem Singen Die Lore-Ley getan.....」

　聖唱が作りだす激流に飲み込まれる、その寸前……。

「りゃああッ!!」

裂帛の斬撃が、海流を引き裂いた。

「ッ!?」

「あ、アンタッ!?」

シーラ王妃も、突如の事態に歌を止める。

「アロワナちゃん、どういうつもり?」

そう、勝負に割って入ったのはアロワナ王子だった。

いつだったか俺が拵えた半月刃の矛を振り下ろして海流を斬り裂いた。

凄まじい斬撃だ。

あんな威力を出せるようになっていたなんて。

「アロワナちゃん、これはアタシとその子の戦いよ。邪魔をしてはいけないわ」

「いいえ、邪魔させていただく。何故ならこれは私の戦いでもあるからだ」

「何ですって？」

「この戦いには、私とパッファが一緒になれる未来が懸かっている。である以上、私も戦わぬわけにはいかぬ。妻にばかり働かせるヒモ男と誹りを受けるわけにはいきませぬゆえ」

そう言って矛をかまえる。

「ゾス・サイラ殿の話を聞き、益々父上への尊敬が湧きました。愛することに直向きになること見習わぬわけにはいきません。だからここは母上に矛を向けさせていただく！」

『そういうことなら……』「あーしらもやるっしょー？」

!?

若きカップルを庇護するように、ドラゴンと天使が現れた。

あれはアードヘッグさんとソンゴクフォン!?

『旅の途上、我らは常に力を合わせてきた。今回もまた例に倣おうではないか』

「あれがラスボスってことでよろしいっしょー？　やったれぁー」

アロワナ王子と共に旅した仲間が、またも一丸となって……。

……あ、ちゃんとハッカイもいる。

あのパーティで唯一水中行動不能だから普通に溺れてる!?

頑張れハッカイ！

キミも旅の仲間だぞ!!

「………」

シーラ王妃は、少しの間だけその一団を見詰め、そしてすぐに後退した。

「ずるいわねぇ、そんなに一致団結されたらアタシが退くしかないじゃないの」

「母上……」

「それともアロワナちゃんは、そんなにたくさんの友だちと一緒にママを袋叩きにしたいの？　酷いわ、ママ悲しくて泣いちゃいそう……！」

「いや、そんなことは……ッ!?」

泣くジェスチャーを見せられ慌てるアロワナ王子。

男は何歳になろうと母親に弱い。

「……これは、勝負終了ということでいいのかな？」

「もっす！」

一時はどうなることかと思ったが。

思った以上の最強ぶりを見せるシーラ王妃に、仲間の絆という裏技で勝利できたパッファたち。

「やったー！　勝ったー!!」

「ガイザードラゴンに勝った時より嬉しい!!」

パッファたちが喜びに沸き返る外で、シーラ王妃は一人スッと離れた。

俺たちのいる観客ゾーンに来る。

「……酷い茶番を見たわよママ」

「……」

容赦ない軽口を飛ばすプラティ。

こういうところ本当にプラティだが、その母であるシーラ王妃は何も答えなかった。

「あんな簡単に引くなら、最初から反対しなきゃいいのに。アタシたちにバラしたくない秘密までバラして一体何がしたかったのよ？」

彼女が『暗黒の魔女』であることも今や白日の下。

シーラ王妃は、やがて押し込めるのも我慢できぬという風に語りだした。

「だって……、だって……!!」

「ん？」

「だってアロワナちゃん取られたくなかったんだもの!!」

そう叫ぶとあとは人魚王陛下に抱きついて泣きじゃくってしまった。

会話不可能。

彼女にとってアロワナ王子は息子。一番最初に生まれた男の子だ。

いつまでも自分だけのものだと思っていたのが別の女のものになってしまう。わけもなく反対したくなる。

「……たしかに、今ならアタシにもわかるわ」

プラティは、ジュニアを抱きかかえながら言うのだった。

「ジュニアが大きくなって……、知らない女を連れてきて『この子を嫁にします！』なんて言い出したら……。……その女絶対殺すわ」

「やめてね？」

母親には母親の、息子への名状しがたい想いがある。

男には永遠に理解しがたいものになるのだろう。

さて。

戦いも終わったということで、そろそろハッカイをレスキューしないと。

さっきまで慌ただしくもがき苦しんでたのが、今もうピクリともしてない！

＊　＊　＊

ハッカイは何とか人工呼吸で息を吹き返しました。

人魚国の都へと戻り、再び団欒ムードに。

ただ中途で新規参入したゾス・サイラが、シーラ王妃様に絞められております。

「ゾスちゃんは、いつからそんなにお喋りになったのかしら？　女の過去を触れ回るって品がないと思わない？」

「あだだだだッ！　わらわは！　当人からは明かしづらいことを代弁しようと思って！　だってケアするしかないでしょうアナタが本気でキレたら世界が消えるんだから！」

ゾス・サイラってあんな苦労人だったんだ……。

同情する。今度農場に遊びに来た時は、もうちょっとオークボと二人きりの時間を確保してあげよう。

「でも驚いたわ、アロワナちゃんのカノジョがゾスちゃんの教え子だったなんて」

　そのゾス・サイラに極めるチョーク・スリーパーを少しも緩めずシーラ王妃は言う。

「早く言ってちょうだいよ。アタシにとってゾスちゃんは妹のようなもの。そのゾスちゃんの弟子と言うことは、いわばアタシにとって姪っ子のようなものじゃない」

　その妹に匹敵する存在が呼吸できずに死のうとしておりますが？

「そんな子なら、安心してウチのアロワナちゃんをお任せできるわ。マジメすぎて融通の利かない子だけどヨロシクね」

「やったー！」

　あっさり決まった。

　これまでの騒動は何だったのかと。

「やったなパッファよ！　これで我らは晴れて夫婦に！」

「今すぐにでも式を挙げよう！　あと子どもも！　プラティとの遅れを広げてなるものか!!」

　すっかり挙式ムードの二人。

　こりゃあ息つく暇もなく慶事が続きそうだなあ、と思ったが。

「あら、結婚はまだできないわよ」

「「え？」」

王妃様からの言葉に、カップルの興奮が止まった。

「何をおっしゃるのです母上？　母上も我々のことを認めてくれたのではないですか？」

「アタシが認めたのはアナタたちの仲であって、結婚までは認められないわよ。というかアタシやダーリンが認めても世間が認めないでしょう？」

「「ええッ!?」」

アロワナ王子は将来人魚王になるのだから、当然結婚にも社会からの承認がいる。

「ほら、魔女なんて呼ばれる子は大抵札付きで、世間からの風当たりが強いでしょう？　アタシも魔女だったからわかるのよ？」

「うええええええ……？」

「アタシがダーリンと結ばれるまでにも、相応の苦労があったわ。パッファちゃんにも人魚王妃に相応(ふさわ)しい女になるために頑張ってもらわなきゃね？」

正論すぎてぐうの音も出ないヤツだった。

パッファなんて元々は囚人だったわけだから、益々そこを無視して王様と結婚するなんてできないわな。

「そうだ、アナタ、プラティちゃんの旦那様の農場にいるんでしょう？　そこにはウチの若い子たちが勉強に行ってるはずだから、授業してあげたら？」

「なるほど！　将来有望な少女人魚に教導することで人望を勝ち取れば、兄さんと結婚するのに有利に働くものね！　ママ、ナイスアイデア！」

プラティまで乗っかって、パッファの農場生活続行がほぼ確定となった。
アロワナ王子とパッファの結婚への道のりはまだ遠い。

私の名はヘンドラー。
人魚国に住む人魚である。
性別は男。
職業は論客。
何処にでもいるごく一般的な人魚であると自負している。
しかし。
最近なんだかそうなってない。
何故かというと、将来人魚国を背負って立つアロワナ王子から特命ばかり受けている。
ある時は、妹王女プラティ様の下へ送られたり。
第二王女エンゼル様のために各人魚貴族の間を泳ぎ回って調停を務めたりもした。
そして今回。
ついに武力行使である。
人魚王族に不満を持った犯罪分子を炙り出して一斉捕縛。
その最後の仕上げを私が実行することになった。
里帰りなされたプラティ王女を拉致せんと結集した迂闊者ども。

それらを一網打尽。

兵の指揮は私がとった。

『それぐらい将軍の誰かに任せてもいいんじゃない？』と思ったが、反乱分子がどこに潜伏しているかわからないため作戦を大っぴらにもできず、確実に信用できる私にすべてを任せたんだとか。

信頼されていることは嬉しいが、素直に喜べない理由が私にはある。

私は論客であって、軍人ではないのだ。

論客とは野に在って、時勢を読み、世間に向かってわかりやすく説明しつつ、他の論客と議論してよりよい方針を見つけ出す仕事だ。

たまに権力者のアドバイザーみたいなこともしたりする。

つまり、口を動かしても手足を動かすなど決してしない職業。

武力を行使するなどもっての外。

そんな私に、アロワナ王子が兵の指揮を命じた理由はわかる。

私の出自についてだ。

私は人魚貴族の次男坊で、しかもその家というのが人魚国の軍部を任されてきた軍人家系。

ベタ家というのだが。

我が父は現役で人魚国の大将軍を務めている。

その息子たちも幼少から徹底した軍人教育を施されて、軍部のエリートとなることが約束されていた。

私もその中に含まれていた。

しかし私は刻まれた轍を辿ることをよしとしなかった。

兄弟が行く同じ道を拒否し、一人野に下って論客となった。

当然、家からは勘当扱いで、親の葬式でも戻ることは許されないと言われている。

それも致し方なしと思っていた。

我を通すためには代償を支払わなければならないのだから。

で。

そんな実家に私は、久方ぶりに戻ることとなった。

「ええええ……!?」

用件は当然、今回の反王族派一斉捕縛の件で。

作戦結果の詳しい報告とか、一応部外者の私が勝手に兵を指揮した詫びとかしなきゃならんわけで。

その報告先が軍部の上層部なわけで。

そして我が実家は軍人家系だから軍上層部に石を投げたら大体親族に当たるわけで。

今回も報告を上げようとしたところ『我が家で聞く』とか言われて訪問しないわけにはいかなくなったわけだコノヤロウ。

「まさかこんな形で里帰りとは……!?」

アロワナ王子も修行の旅から御帰還されたタイミングに、私も実家に戻ることになろうとは。

こんな奇遇、誰も期待していない。

「おおヘンドラー！　やっと来たな！」

玄関から私を出迎えに来たのは我が兄。

長男のワイルドだ。

本来、私が報告を上げるべき相手だったのが彼で、今は近衛兵隊長を務めている。

「お久しぶりです兄上。早速ですが捕縛対象の罪状と処遇について……」

「そんなことはどうでもいい！　さあ、家に入るがいい!!」

どうでもいいの!?

よくないでしょう！　王族襲撃者の処断も近衛兵の大事な仕事ですよ！

「何も遠慮することはない、元からお前の家ではないか！　父上もエラを長くしてお待ちなのだ！　早く！」

父上まで御在宅なのですか!?

いや待って、さすがに会いたくないというか会わせる顔がないというか！

待ってください、私はただ報告に来ただけなので……!?

＊　＊　＊

「お前は、我が子の中で一番の出来損ないだ」

我が父、ベタ・トラディショナルが言った。

軍人家系と名高いベタ家の当主にして、今まさに人魚国軍部の頂点である大将軍の座に就く。

それこそ我が家風をもっとも体現した人魚で、その名は後世まで語り継がれることであろう。

「我が息子として生まれながら軍人の道を歩まず、論客などという軟弱な職を選び、我が家名に泥を塗る放蕩者よ」

帰省するなりこのタコ殴りっぷりよ。

だから気が進まなかったのだ。私だって罵倒されてまったく傷つかない鋼のハートは持ち合わせていない。

言われっ放しにしておくほどナイーブでもないが。

「お言葉ながら、論客が軟弱などというのは父上の見当違いにございます。論客とは、その口先に命を懸けて国の未来を見通す仕事」

「未来を切り開くのは口ではなく手によって、だ。少なくとも我が家の祖先は皆そうしてきた。それが軍人家系たる我らの務めだ」

「ゆえに私は、この家と縁を切らせていただきました。ベタ家の縁者としてでなく、ただの一人として論客の道を進んでいるのです。ご文句などあろうはずもなく」

「ないはずがなかろう」

父上が不機嫌そうに言った。

昔と何も変わっていなかった。

何年か前にも、こうした口論を父と交わし、結局ケンカ別れして家を飛び出したのだ。

あれから一度も家に寄りつくことがなかったのは、会えば再びこうなるとわかっていたから。

「まあまあ！　議論はそれぐらいにしようではありませんか父上！」

仲裁するように兄が進み出た。

「今日はそんな話をするためにヘンドラーを呼び戻したのではないでしょう？　もっと別の話があるのでしょう？」

「うむ……！」

兄に諭され、父上は態度を改める。

父は昔から兄へは甘い。

優等生の長男、落ちこぼれの次男。

よくある構図に、扱いの差が出るのは仕方のないことだろう。

「……ヘンドラー、今日お前に家へ戻ることを許したのは、お前の功績を賞するためだ」

「は？」

「此度(こたび)の捕り物働き、見事であった」

それは間違いなく反王族派を根こそぎしょっ引いた件だろう。

「いやあれはアロワナ王子からの指示で仕方なく……！」

「皆まで言わずともよい。やはりお前にもベタ家の血が流れているということだ。戦って国を守ろうとする軍人の血がな……」

何か父上が急に満足げに頷きだした？

思ってもみなかった展開。

「お父様は、アナタのことをずっと心配していたのですよ」

ヒィッ!?　母上!?

いらしたんですか!?　そりゃあいますよねえ実家なんだし!!

「お父様常々アナタのことを『出来が悪い』と仰りますが、それは『出来の悪い子ほど可愛い』という意味なのです。お父様は本当は拗ねているのですよ」

「拗ねる!?　なんで!?」

「アナタが軍人の道を進まなかったから。ワイルドやアナタや、プラガットにクラウンテールが軍に入って要職を占めることが、お父様の夢だったんですから」

弟や妹の名前まで出されても。

父上はそんな野望をお持ちだったのか。でも軍部で親権政治を敷こうなんて危うくはありませんか？　と論客の私は思ってしまうのだが……。

「……お前が論客になるなどと言い出した時は、裏切られたように思い辛く当たってしまったが、やはりお前は我が息子だった。軍の外にいながら、こんなに大きな成果を上げるとは……！」

「だからその件は、王子に言われて仕方なくですね……！」

「この際に及んでは、此度の成果とワシの推薦で、お前をどんな部門にも捻じ込むことができる。今こそ兄弟揃って軍に入り、ベタ家の勇名を轟かせてくれ……！」

ダメだこれ。

父上が完全に子煩悩モードに入ってしまっている!?

期待に応えるだけでこんなに態度が変わるものなのか。ある意味当然かもしれんけど、どうかと思うなこれ!?

「お待ちください父上」

そこへ長男たるワイルド兄上が進言する。

「父上がヘンドラーを誇りたい気持ちはわかりますが、あまり軽々になさるのはいかがかと」

「どういうことだ?」

「アロワナ王子が此度ヘンドラーにすべてを任せたのは、彼が軍部より離れて自由な立場に身を置いていたからです。アロワナ王子は賢君の資質をお持ちです。様々な種類の人材を縦横無尽に使うことができます」

「そうか……、ヘンドラーを軍部に入れ、お前たちと同じ種類にしてしまっては、却(かえ)って王子殿下の選択肢を狭めることになりかねんというのだな?」

「御意」

私は隠密(おんみつ)か何かか?

そんなことをせずに論客の仕事に集中したいんですけど、本音としては。

「なるほど、お前たちは新しい目で状況を眺めることができるのだな。ワシももう老いたということか……」

「父上ー？」

「ヘンドラーよ。武勲を示せぬことは武人にとって辛いながら、それに耐えることこそ真の武人たる証だ。今は陰よりアロワナ王子を支えてくれ」

「いや、違くてですね……!?」

「我がベタ家は、お前への助けを惜しまぬ。王子よりの密命を果たすのに必要な時は、遠慮なく父や兄を頼るがいい」

頼りませんよ？

そもそも私そんな仕事してませんし。

アロワナ王子からの頼みごとを聞くのは、あくまであの人が年の近い親友だというので……!?

「表向きは論客。その裏では王族の命を受けて動く隠密。カッコいいではないか！」

「だから違うっつってんだろうが!!」

声を荒らげても訂正は通らず、我が家は放蕩息子の帰還を全力で祝うムードになってしまっていた。

「アナタ……、当然ヘンドラーの勘当は……!?」

「解く。好きな時に帰ってくるがいい。やはりワシの息子に間違いはなかった……！　ヘンドラーも他の子たち同様、ワシの誇りだ……！」

こんなアットホームな雰囲気にされたら強引に訂正もできない。

ズルい。

こうして私は、外堀を埋められたような気分になって里帰りを終えたのだった。

色々あって農場に帰ってきました俺です。

プラティの里帰り兼俺の両親御挨拶は大過なく終了。

無事こそ成果とあいなりました。

人魚王夫妻は「またいつでも遊びにおいでなさい」と送り出してくれた。

アロワナ王子は当然ながら人魚国に残る。これから王位継承に向けての準備に取り掛かるそうだ。

魔王さんは、せっかく訪問したのに後半空気だった。俺たちと同じタイミングで辞去。魔都へと戻り人魚国との正式な平和条約調印へと進むらしい。

アロワナ王子の修行に同行した旅の仲間で、まずハッカイは農場に戻り他のオーク共々農場勤務に戻る。

ドラゴンのアードヘッグさんは、そのまま旅を続けて世界を飛び回るらしい。

『試練がなかろうと、おれは英雄と王を見守るのだ！』と去り際に言っていたが何のことやわからなかった。

天使のソンゴクフォンもそれに同行していった。

本当に何故(なぜ)かわからないが『あーしはフリーダムだしー』が捨(す)て台詞(ぜりふ)だった。

双方、気が向いたら農場なり人魚国になり遊びに来るそうなので今しばらくは放置でよかろう。

そして最後に、見事アロワナ王子と恋仲になった彼女が……。

＊　＊　＊

「これから授業を始めらぁーッ!!」

「パッファさん投げ遣りに教えないでください」

依然として我が農場に住み込みが続行になった。

アロワナ王子と婚約して、本格的に人魚の王室に移り住むと思いきや、魔女としての前科が災いし、そのまま輿入れ不可とされてしまった。

この問題を解決するには、過去のイメージを払しょくする実績づくりが必要であり、その一環として教師をやるパッファ。

現在農場には、マーメイドウィッチアカデミア農場分校と称して若い人魚の女学生たちが多数留学している。

彼女らを優秀な魔法薬学師に育て上げれば貢献度を認められて、アロワナ王子との結婚もスムーズになるだろうという理屈だった。

「お前らあああああ！　一刻も早く一人前になって活躍しやがれえええええ！　アタイの人妻ライフ実現のためにいいいいいッ!!」

「そんな下心剝き出しにしたら却って逆効果ですよ」

それだけではない。

ここ農場では現在、若手人材留学企画実行中ということで、人魚族の他にも魔族人族の留学生が滞在して様々なことを学んでいる。

そういう意味では講師パッファが高名を得るにはもってこいの環境ということで、新たなステージに励んでください。

……と、思ったのだが……。

「……なあ、聖者よ」

「んー？」

「教え子どものことなんだが、ちょっと気になるというか……」

「そうだねぇー」

パッファも気になっておいでだが、俺も気になっていた。

誰もが気になる状況変化が留学生たちに起き始めていた。

それは……。

カップル祭り、である。

「ワルキナさーん、今日の授業わからないところがあったのー、一緒に復習しましょう」

「スタークさん！　明日のダンジョン実習、一緒に受けませんか!?　私一人じゃ怖くて！」

「手作りチョコです！　よかったら食べてください！」

「許嫁とかいないんですか？　いないんですよね？　よしッ!!」

「おっぱいは大きい方が好きですか小さい方が好きですか？」

「これは、魔族で流行っている占いで、頭蓋骨が砕けたら二人の相性は最高なんですよー」

「勘違いしないでよね！　アンタのことなんか全然大好きなんだからね!!」

……。

若者たちの間で特濃ピンク色の旋風が吹き荒れておる。

「恋の色一色だなあ……」

どうしてこうなった？

「そりゃあ十代の男女を混ぜたらこういうことになるに決まってるだろ」

「若さか……!?」

「そう、若さだ」

「若いって凄いなあ……!?」

若い男女が同じ場所にいたら恋が起きないわけがない。

これはどんな世界でも共通の原則であるらしい。

そもそもの引き金としてリテセウスとエリンギアのカップル成立があるようだが、あれをきっかけに留学生間で異種族カップルが次々成立しているようだ。

「でもまあ、これも目的達成にはいいことなんじゃない？」

パッファが現状を分析する。

「というと？」

「三種族が交流して、友好を深めることも留学の目的なんだろう。留学生どもが色ボケ化して、国際結婚しまくれば嫌でも各国の距離は縮まるだろうよ」

たしかに。

俺が思い描いていた友好とは違うが、これも絆（きずな）が深まる一つの形か。

やや肉欲が主体となっているのが気になるところだが、ここで学んだ子たちが将来結婚して、間に子どもが生まれ、ハーフの次世代が大いに活躍していけば、それもまた平和な時代の助けになろう。

「あーあ、見せつけやがってムカつくなあ。アタイも早く結婚したいなあ、結婚したいなーっと……」

パッファが恨み節を述べる。

けどアナタだって事実上婚約してるし相手のアロワナ王子も公務の合間を縫って三日と空けずに通ってくれてるでしょう。

農場に恋の嵐が吹き荒れておる。

チッ、リア充どもが妬ましい。

しかし、あらゆる生物がつがいを見つけ、子を生（な）し育てるのは世界でもっとも自然なこと。

だから基本的に色恋沙汰には静観していたが、ある時それと結びつきを感じざるを得ない出来事が起こった。

ここからしばらくは、その出来事について語っていきたい。

＊　＊　＊

発端は、オークボから持ち掛けられた相談事だった。

「ダルキッシュさんが、俺に相談？」

「はい」

とはいえオークボ自身の悩み事ではなく、彼はあくまで仲介者だった。

相談の根源はダルキッシュさん。

旧人間国で領主を務めている。

若年ながら有能な領主で、領民を愛し分別のある良識者。

出会ったきっかけは、オークボたちが趣味で城を建てたいというので、その築城場所に選んだ土地がたまたまダルキッシュさんの治める領地内にあったことから。

そこに建てられた風雲オークボ城は、今では領の名物として観光資源化している。

オークボたちも、製作者として城の維持管理に時おり訪問しているらしく、領主であるダルキッシュさんのところにも挨拶に寄るのだそうだ。

「ダルキッシュ殿には最近悩みがあるそうで……、詳しく聞いたところ我らではどうにもならない問題だったのですが、我が君ならばよい思案があるのではないかと……！」

「ほう」

ダルキッシュさんには俺も恩義がある。

彼の領内に勝手に建てたオークボ城を黙認してもらったしな。

あの時の寛大さに報いるためにも、俺にできることならお役に立ちたい。

「では、ダルキッシュさんからの相談事を受けるためにも農場にお招きするか。又聞きだと礼を失するしな」

「畏(かしこ)まりました」

そんなわけでダルキッシュさんを農場にお招きすることになった。

＊　＊　＊

農場に来てくださったダルキッシュさんには同行者がいた。

彼の細君ヴァーリーナさんだ。

二人の馴(な)れ初(そ)めはやや複雑で、つい最近終結した人魔戦争と無関係では語れない。

戦争に負けた旧人間国は占領され、領主の下には魔王軍から監視役が派遣された。

その役目をもって領主ダルキッシュさんの下に来たのがヴァーリーナさんだった。

かつての敵同士で微妙な関係にあった二人だが、色々あって互いを好き合うようになって結婚。

魔族と人族の国際結婚。多分その第一号だろう。

いわばウチの農場で吹き荒れている恋愛旋風の先駆けと言える存在であり、将来彼らのようなカップルが増えてくれればいいなあと思っている。

ある意味うちの十代カップルの先輩に当たるわけだ。

そんな二人が、一体どんな相談を。

「あの……まずは聖者様、跡取りのご誕生おめでとうございます」

対談するなりダルキッシュさんから言われた。

ジュニアのことをオークボ辺りから聞いたのか。

「わざわざご丁寧にどうも。でも今日の用件はそちらの相談事を聞くことですんで、挨拶は手短に……」

「いえ、実のところ私たちの相談事は、そのことと関係あるので……！」

ジュニアと関係？

私たち？

「私とヴァーリーナも、一緒になってから相応の時間が経ちました。私ども、夫婦としての相性はよいようで日々健やかに過ごせています」

「彼は私をとても大切にしてくれて、日を増すごとに『結婚してよかった』という気持ちになれます」

なんだ惚気か。

「しかし、そんな私たちの結婚生活にも唯一問題があって。しかもかなり重要な問題と言いますか……！」

「赤ちゃんが、まだ……!!」

ほう？

そうか、ダルキッシュさんとヴァーリーナが結婚したのは昨年冬の頃。時期的に妊娠報告があってもおかしくない。

「夫は領主です。自領を託す後継ぎが必要です。そしてその後継ぎを産むことは、領主夫人となった私の大事な使命なのです！」

「しかし挙式から半年以上。その……、励んではいるものの、いまだ私たちの下に授かり物はなく……」

そろそろ焦り始めていると。

そうだよなあ。

封建社会だと、血統の継続は重要問題。子どもが生まれないという理由で離縁されることもあるという。

そういう事情からして二人の悩みは深刻なものだろう。

まだ数ヶ月程度じゃないか、と軽く見ることはできるが、人族魔族の国際結婚という物珍しい二人に、何かとケチをつけたい者たちがいないとも限らない。

くだらない発端で愛する二人の仲を裂かないためにも、俺にできることがあれば躊躇(ためら)いなく実行すべきだろう。

……。

でも……。

俺に何かできることがあるのか？　子宝を二人に贈るために？

子宝に恵まれないことで悩んでいる人族ダルキッシュ魔族ヴァーリーナ国際結婚夫婦を助けることになりました。

具体的にどう助けていいのか皆目見当がつかんが。

「実は……、気になっていることがありまして」

「うぬ？」

聞き取りの過程で、夫婦が口にした不安。

「ご存じのことと思いますが、私とヴァーリーナは種族が違います。私は人族、ヴァーリーナは魔族。この二種族が結婚したという記録は残っていません」

「当然、その間に子どもが生まれたという記録も。そこで不安に思ったのです。もしも、異種族の男女間に子どもは生まれない。元々そういう作りだったとしたら……！」

夫婦の、特に妻側のヴァーリーナさんは不安で押し潰されそうな涙声だった。

「本当のところは我々ごときに解明しようがありません。しかし万能なる聖者様ならばご存じあるのではと思い、こうして……！」

なるほどにゃー。

……俺、そんなに言うほど万能でも全能でもないがな。

しかし俺を頼ってくれた人たちにはできる限りのことをしてあげたい。

当然、二人の疑問に答えることは俺にはできない。その知識がないから。

しかし答えをくれそうな者には心当たりがある。

＊　＊　＊

『……それでアタシを召喚したってわけ？』

ノーライフキングの先生をお呼びし、さらに先生に召喚魔法を使っていただいて、神を呼び出した。

今回来てもらった神様は、海母神アンフィトルテ。

陸海空のうち海を支配する海神族の女神様である。

『なんでアタシなのよ？　悩んでいるのは人族と魔族なんでしょう？　人魚族を守護するアタシには掠(かす)りもしないわよ？』

はい左様です。

しかし、アンフィトルテさんには過去、同じように妊活で悩む我が妻プラティにアドバイスをくれ、見事ジュニア出産まで漕(こ)ぎ着けた実績があった。

そういう過去の事例から聞きやすいというか……！

『頼ってくれたことは神として嬉(うれ)しいから、アタシの知る範囲で答えることはできるけど……』

おお！

やっぱり頼りになる神！

『結論から言って、異種族同士の間で子どもを作るのは無理』

……。

きっぱり言い過ぎだッ!!

一緒に並んで聞いているヴァーリーナさんがレイプ目になっとる。

『人族と魔族と人魚族は、そもそも完全に違う生き物なのよ。生み出した神が違うんだから。魂が違うって言うかね。だから二親を掛け合っても混ざり合うことがないの』

「待ってください！　そしたら……!?」

なんか別の方向から闖入者が来た。

おや、留学生の若者たちじゃないですか。

「人族と魔族だけじゃなく、私たち人魚族と他の種族との間にも子どもは生まれないってことですか!?」

『そうよ』

アンフィトルテ女神の断言によって、若者たちに動揺が走った。

今彼らの間では、恋愛旋風が吹き荒れているのだ。

将来彼と結婚して……、などと甘い未来像に胸をときめかせる女子も数多くいることだろう。

そんな未来像を粉々に打ち砕く神の宣言。

「どうにかならないんですか神様!!」

「子どもができなかったら、とても結婚なんて認めてもらえない!」

「生贄を捧げますからどうかあああッ!!」

少女たちが女神に縋りついて、もはやダルキッシュ&ヴァーリーナ夫婦のみの問題ではなくなっていた。

これから三種族が融和していくべき時代に、国際結婚も大いに奨励されるべきだが、このままでは出鼻を挫かれてしまう。

俺としても何とかしたい事態だが。

『そうねえ……』

女神様も難しそうに悩み出した。

『問題の根本としては。こないだ聖者ちゃんとプラティちゃんに起こったことと同じよ。あの時はプラティちゃんに与えたアタシの祝福のお陰で解決できたけど……』

「じゃあ、希望する者にアンフィトルテさんの祝福を……!?」

『それをやるには数が多すぎない? あんまり祝福を乱発すると希少価値下がっちゃうし、何より海母神であるアタシの祝福が効くのは人魚族だけよ?』

つまり人族×魔族のカップルの解決にならないということか。

一番最初に相談に来てくれたダルキッシュさんとヴァーリーナさんは救われない。

『……これは、抜本的な解決法がいりそうねえ』

「神!?　何か方法が!?」

アンフィトルテ女神、何やら秘策を思いついた表情だ。

『アナタたちの言う通り、世界は変わり争いが絶えてきた。ならば私たち神も変化に合わせて世界の彩りを変えましょう。ただしそれは、アタシだけじゃ不可能』

と言いますと?

『世界全体を変えるわけだからね。海の領域のみを管轄するアタシ一神では到底カバーできない。地の繁殖、天の繁殖を司る神との合意が必要だわ。……聖者よ』

「はいッ!?」

女神改まった口調。

『アナタも世界に貢献したいなら尽力なさい。海と地、そして天の母なる神々が集う場を整えるのよ!!』

＊　＊　＊

そうして、俺はアンフィトルテ女神の言う通りに場を設えました。

「……ここに天地海、三界の母神を召喚すればいいのか?」

『そう言うことらしいですなあ……』

日を改めたので、アンフィトルテ女神は一度神界にお帰りになられた。

今日再び召喚する。

また先生にお願いすることになってしまった。

毎回こき使ってしまって申し訳ない。

「しかも今回は、場所まで変わって……！」

今俺たちがいるのは、いつもの農場ではない。

そこから遠く離れた旧人間国、ダルキッシュさんが治める領内だ。

オークボ城に設置しておいた転移ポイントへ転移魔法できるから移動は楽だが。

何故こんな移動を……？

「別に農場で召喚してもいいだろうに……？」

『アンフィトルテ女神からの非常に強い要望でしたからなあ。此度の召喚は農場以外の場所でやれと』

うむ、それが飲めなければ召喚に応じないとすら言われた。

何故そこまで強い要望。

『今回は地と海の神だけでなく、天神も召喚しますからその関係ではないですか？』

そのために、召喚を行う先生までお住まいのダンジョンから移動してもらって……。

周囲のギャラリーがビビりながら注目しておるよ。

「なんで見物人がこんなにたくさん……!?」

「すみません聖者様!!」

この場を設営した領主ダルキッシュさん。

「天地海の三母神を召喚する舞台として我が領が選ばれるなど光栄極まること！　ただ、そのための準備に奔走しているうちにあちこちに情報が漏れてしまい……！　魔族占領府に報告しないわけにもいきませんし……！」

それで、ウソかホントかたしかめようと見物人が押し寄せてきたってわけか。

とりあえず彼ら遠巻きに俺たちを見ているけれど、ノーライフキングである先生を視認しただけで『来た甲斐があった』って表情になってるぞ。

『皆さん、こんにちわー。トマクモアが千年ぶりに人間国へ帰ってきましたぞー』

そして気さくに手を振る先生!?

最近久々に自分の生前の名前を思い出してか、浮かれ気味になっている!?

『では早速、儀式に入るとしますか。まずは発起人、いや発起神である海母神アンフィトルテと、地母神デメテルセポネを召喚いたしましょう』

「あれ？　二神だけ」

聞くところによると、天地海の三神を召喚するんじゃないの？

『実は召喚する順番も厳しく指定されていましてな。まず地海の二神を召喚し、然るのちに天母神を召喚せよと……』

何なんだ……？

『にゃー』

先生の召喚呪文に反応して、時空を歪めて現れる。

この世のものとは思えぬ美を伴った二女神が。

『デメテルセポネちゃん、おひさー』

『会えて嬉しい！……あら、マニキュア変えた？』

『あ！　わかるー!?　ウチの旦那全然気づいてくれなくってー!?　やっぱ女の子同士じゃないとダメよねー!?』

相変わらず軽いノリの女神様たちだな。

アンフィトルテ女神だけでなくデメテルセポネ女神とも面識がある俺なので動揺はないが。

周囲のギャラリーたちは大騒ぎしている。

中には泡を吹いて倒れたり、感涙しながら膝をついて祈りを捧げたりする者もいた。

今回初合流の地母神デメテルセポネが言う。

『話は伺っているわ。人類すべてが種の隔てなく愛し合って子をなせるように、天地海の三母神が合意して設定を変えようって。とても素敵だわ。喜んで協力しましょう！』

『あーん！　デメテルセポネちゃんならそう言うと思ったー！』

女神が女神に抱きついた。

『しかしそうなると……、問題は彼女ね』

『そうなのよ。不死の王は注文通りアイツはまだ呼び出していないわね。感心感心』

地の母神も海の母神も、何やら用心深そうな表情。

『あの子がヘソ曲げたら、すべて終わりだもん。慎重に行かないと……』
『そうねぇ、聖者ちゃんも含めてじっくり打ち合わせしておきましょう』
という風に女神たちが警戒する相手とは、誰ぞや？
それは三番目の母の神。
天地海のうち天を司る。

天母神ヘラ。

天の神の王であるゼウスの妻でもあるという。

今一度。

先生の召喚魔法によって空間が歪み天が割れる。

ただでさえ地母神、海母神の神気によって張りつめていた空気が、さらに軋みを上げた。

現れたのは、先二神に勝るとも劣らぬ美麗な女神だった。

神聖にして魅惑的。

ただ地のデメテルセポネ、海のアンフィトルテと比して若干派手な印象があった。

太陽光を反射する鏡みたいなギラギラした派手さだ。

そんな輝きをまとう女神こそ天母神ヘラ。

三つの神の系統のうち天の領域を支配する天神に属し、その長である天神ゼウスの妻であるとも言う。

天母神ヘラ。

地母神デメテルセポネ。

海母神アンフィトルテ。

三界のそれぞれの母なる神が一堂に会する。

まず最初に口を開いた、女神ヘラ。

『わたくし以外の女は皆等しく死に絶えればいい』

一言目から全力剛速球だった。

『さすれば、わたくしの愛するゼウス様がわたくしだけを見詰め続けてくださるでしょうに』

『うん、これが彼女だ』

『相変わらず清々しいまでのクズっぷりで安心したわ』

アンフィトルテ女神とデメテルセポネ女神が納得したように頷いた。

いや頷いていいのこれ!?

ぶっちぎりで不穏当なこと言ってるんですが。

『聖者さん。このヘラはねえ嫉妬深いことで有名な神なのよ』

『そのくせ夫神のゼウスは超がつく浮気者だから最悪の組み合わせ。過去、何百という人類の女がゼウスに手籠めにされてからヘラの嫉妬に狙われるという理不尽コンボの被害を受けたか……!』

最悪じゃないですか。

しかし目的を達成するためには彼女の協力が必要不可欠。そうでなきゃこんな面倒くさいの呼ばないだろう。

何とか上手く説得して、人族魔族人魚族どんなカップルでも結婚して子どもを作れる世の中にしないと。

*　*　*

『嫌ですわ』

途中何度もキレそうになりながら、ヘラ女神に今回の趣旨を説明し協力を要請したが、一言で拒否された。

『えぇー!? なんでよ!?』

『人類の領域は、あらゆる垣根を取り払われつつあるわ。人族も魔族も人魚族も、祖神は違えども同じ世界に生きる仲間なのよ』

『そうよ、愛し合うカップルに種族関わりなく赤ちゃんを産ませてあげたいじゃない!!』

『そのためには万象母神ガイアより、それぞれ母性を託された私たち三神が合意して世界の設定を変えなきゃダメなの。アナタの合意も不可欠なのよ?』

協力してヘラを説得する女神たち。

しかし効果は今一つ。

『わたくしはその考えに賛同できません』

『だからなんで!?』

『子どもがたくさん生まれるということは、この世界に人類がとめどなく増えるということですよ』

『いいことじゃない』

『まったくよくありません』

何がいけないというのか？

『人類が増えれば、見目美しい女も増えるということで、ソイツらとゼウス様がまた浮気するではありませんか』

『知るかそんなこと!?』

この女神は夫の神様以外何も目に入らんのか。

いいのかこんなのが神様で？

『まあ、夫の浮気相手を自動的に殺す機械とでも認識しておけば憎悪も湧かないわよ……』

湧くよ。

問題がありすぎるよ天の神。

『まあまあ、ヘラちゃん？　よく考えてみてよ……！』

アンフィトルテ女神がなおも果敢に言い諭す。

『これはアナタにとっても有利な話かもしれないわよ？　異種族間の恋愛を解禁したら、人類の間でも結婚率が上がるでしょう？　ひいてはアナタのクソ夫の毒牙にかかる女も減るってことじゃない？』

『何故（なぜ）です？』

『へ？　何故って、結婚したらもう他の男と恋愛できなくなるじゃない。当たり前のことでしょう？』

『はっ、アナタはとんでもないマヌケですね。わたくしが重要なことを教えて差し上げましょう』

ヘラは、自信たっぷりに断言した。

『わたくしのゼウス様は、相手が未婚だろうと既婚だろうと見境なく手を出します』

『そういやそうだ』

『アンタの旦那マジ最低だわ』

アンフィトルテ女神やデメテルセポネ女神だけでなく、傍で見守っている俺やダルキッシュさん。周囲のギャラリー、皆等しく呆れの溜め息をついた。

凄くガッカリな状況だった。

先生なんか早々に見切りをつけて、ギャラリーとの触れ合いイベント開始し、祝福を与えたり新生児の名付け親になったりしていた。

『いや、もうあの邪神が幽閉されて本当によかったわ』

『へパイストスちゃんの作った迷宮に閉じ込められてんでしょう？　あの子の作品なら安心だわ。向こう五万年は外に出すなって伝えておいて』

『そんなッ!?　閉じ込められたゼウス様が可哀相だと思わないのですか!?　解放運動に協力してくださいまし!!』

絶対嫌だ。

これまでの話を聞いた者なら誰でもそう思う。

『勘違いなさらないで……ッ！　それでもわたくしはゼウス様を心から愛しているのです!!　ゼウス様の浮気性なところも心底愛しているのです！　でも浮気されるのは嫌だから世界中の女を皆殺

しにしたいのですがどうでしょう!?』

させるかよ。

ここまで愛というフレーズが空々しく聞こえたことはない。

『……ぎゃーッ!?　もう無理！　コイツと話してると頭の中がぐんにゃりするーッ!?』

『わかってはいたけど、このサイコ女を説得するなんて土台無理なようね……！　こうなったら最後の手段！』

『聖者ちゃん！』

『アナタに託すしかないわお願い!!』

二女神は俺へと振ってきた。

一応そういう手はずだったが……。女神たちで説得できなかったら俺の出番という。

でも俺が、どうやってあのネジの緩んだ女神を説得できるというの!?

「あのー、すみません」

とりあえず女神ヘラに話しかけてみた。

『あら何かしら？　人類の男なんかが話しかけないでくださる？』

「女だけじゃなく男まで嫌いなんですか？」

『ええ、我が夫のモットーが「ブスと男に存在する価値はない」ですので』

邪神め!!

いや、今は話が逸れるので放っとこう。

問題はヘラ女神を説得する本題だけに集中する。

「お話にも疲れたでしょう？　休憩いたしませんか？」

『休憩ですか？』

「ええ、女神様のために美味しいお菓子をご用意しました。それを食べてリラックスされては？」

そう言って俺は、あらかじめ農場から持ち込んでおいた新作お菓子を取り出した。

「チョコレートケーキでございます」

最近知り合ったカカオの樹霊カカ王の全面協力を得て作成した新作お菓子。

ヴィールやプラティの追及をかわして、何とかここまで持ち込んだ。

『なんですこれは？　黒い？　本当に食べられるんですか……？』

チョコレートケーキの外観を警戒しつつ、それでも根本的に行儀がいいのか勧められた食物を抵抗なく口に入れた。

フォークでケーキを小さく切り分け、上品に口に運ぶ。

『うまあああああああああッッ!!』

美味い頂きました。

『何ですの!?　美味しい!?　美味しいですわ!!　口の中でフワフワする生地に、強烈な甘味と苦味が混在するクリームめいたものがッ!!』

『あー、知られちゃったか……！』

『天神に、あそこの食物の存在を知られたくなかったから、最後の手段だったのよねー』

他の二女神、渋い表情であった。

ただ彼女らもチョコレートケーキを食べて表情を緩めた。

『お菓子が美味しいからとってもいい気分ですわ！　今ならどんなお願い事も叶(かな)えてあげられそう！』

「では、人族が他の種族と結婚して子どもを作れるようにしてください」

『いいわ』

あっさりすぎる!?

こうして三母神の合意が取れ、世界の設定は変わった。

あらゆる種族が分け隔てなく愛し合い、子孫を残すことができるようになったのだ。

世界は融和へとまた一歩近づいた。

『はー、よかったよかった』

『たったこれだけのことに随分苦労させられた気がしたわ……！』

アンフィトルテ女神とデメテルセポネ女神、疲労困憊(ひろうこんぱい)の溜め息をついた。

『ねえねえ、このケーキとやらは何処(どこ)で作られているんですの？　ゼウス様のために、その地を祝福して天神以外踏み込めないようにしたいのですが？』

『はいはーい、用が済んだらもう帰ってねー』

『あら？　どうしたの？　せっかくだからもっとたくさんお話しましょう？　あら？　あーら――――？』

ヘラ女神。

二女神によって強制的に現界を解かれ、天の神界に帰らされてしまった。

『農場の存在を天神のヤツらに知られるのだけは絶対ダメ！』

『そうよね、ヘルメスちゃんに頼んで全力で誤魔化してもらいましょう!!』

目的は果たせたものの、あとには言い表せない疲労と空虚感が残るのだった。

私はサスカーニという。

人族の者だ。

旧人間国においてそこそこ裕福な層に生まれ育ったが、あるとき奇妙な噂を耳にする。

人間国に神が降りてくる、と。

最初聞いた時『なんだそりゃ？』と思った。

魔族に占領されたおかげで末世思想でも広まったかと思ったが、そうではないらしい。

神が穢れた世界に終止符を打つとかそんな話ではないそうだ。

だったらなんだ？

何でもある領主が『神を召喚するから許可をくれ』と占領府に具申し、その話が漏れ、巷へと広まったんだそうな。

何処の領主だ？　そんな世迷言を広めるのは？　と最初は憤ったが、興味を持って調べ進めるうちに意外な名が判明した。

ワルキア辺境領の領主ダルキッシュ様。

あの方が言い出しっぺであると？

ダルキッシュ様は、若年ながら旧人間国屈指の有能領主で、おかしなことなど決して口にしないはず。

そのダルキッシュ様が言われたとなれば、本当に神が降臨するというのか？

……という感じで国内噂でもちきりらしい。

私も段々マジかという感覚がしてきた。

より詳しく調べると、その神が降りてくるという開催日が間近に迫っていた。

こうなったら本当かウソかをたしかめるためにも、現場に向かわねば。

もし本当に神が御降臨されて、それを見逃したら一生の不覚！

幸い私も家業を息子に継がせて隠居暮らしだから暇。

色んなものに興味を持ち始めた孫も連れて見物……、もとい礼拝に出かけることにした。

……ん？

何？　息子よお前も来るの？

いやダメだよ店はどうするの？　え？

『神様を一目拝めるチャンスに商売なんかしてられない』？

いや、たしかにそうかもだけど……。

嫁？　キミもか？

というか近所の店全部その日は閉めて神見物に行くのか？

仕方ないなあ。

じゃあ皆で行くか!!

神様に会いたいかー!?

おー!!

＊　＊　＊

そうして到着しました会場に。

ビックリするほどの人だかり。

これ全部、同じ目的で集まっているというの？

やはりそれだけ神という存在は大きいということか。

向こうの方で一際珍妙な集団が陣取っていた。

『今こそ神が降臨し、邪悪な魔族を撃ち滅ぼしてくださるであろう！』とか言いつつ太鼓打っていた。

……神が現れるとなると、あんなカルト思想家まで引き寄せてしまうんだなあ。

教団の残党かな？

あんなヤツらにとって神は無条件に味方だと思い込んじゃうんだろうなあ。

まあいいや。

重要なのはヤツらより、現れるという神様なのだから。

会場には、領主であるダルキッシュ様と共に数人が集って何やら話し合っていた。

我々見物客は、領兵に遮られて一定の距離から近づくことはできないが。

やっぱり噂は真実なのだなあと来た瞬間思った。

今日この場に神はやって来られるのだ。

……何故そう思うかって？

では、その確信的な根拠を発表しよう。

会場で集まって、領主様と懇々話し合っている人物の中に……。

ノーライフキングがいた。

無論私は最初わからなかった。

中層階級とはいえごくごく一般的な人族である私に、ノーライフキングの目撃経験などあるわけないのだから照合しようがない！

しかし見物客の中から「あれ？　ノーライフキングじゃないか？」という訝しげな声が出たら、それはもう信じるしかないではないか。

しかも声を上げた人物が有名人で、A級冒険者のマタハッサーン様だと知ればなおさら。

あれがノーライフキング!?

世界二大災厄の一方で、永遠の命と引き換えに人であることを捨て去った禁忌の大魔導師!?

アンデッドの王!?

あれが目撃された地区では集落が最低五つは滅ぶと言われている、最悪の中の最悪！

そんな超怪物をこの目で見る日が来るなんて、長生きするもんだなあ！

そんな超怪物をこの目で見た以上は、今日が私の命日かもしれないけど！

とは思ったが、その問題のノーライフキング、我らの人だかりに気づいたのかこっちを向いた。

ギャー！

ノーライフキングと目が合った⁉

こええええええッ⁉

野次馬の中には本気でビビッて逃げ出そうとする者さえいたが、意外にもノーライフキング、こちらへ向けて手を振る。

『皆さん、こんにちわー。トマクモアが千年ぶりに人間国へ帰ってきましたぞー』

ノーライフキングから気さくに挨拶された⁉

意外にいい人なの⁉

とっても気さくで親しみやすそう！

しかも今トマクモア様って名乗られました⁉　それってもしや伝説の反教団の義士⁉

……とまあ、前置きが長かったが、要するにだ。

ノーライフキングなんて究極の怪物が居合わせるんだから、神だって出てくるだろうという気分になる！

きっと神も降臨されるのであろう！

誰もがそう納得した。

中にはもうノーライフキングを見ただけで『来た甲斐があった……！』と満足している者もいた

けれど。
会場側で、一際何の変哲もない普通そうな若者が言った。
「では先生、お願いします」
『承知』
ノーライフキングが要請に応えた!?
不死の王に言うことを聞かせられるなんて何の変哲もない青年凄いな!?
何の変哲もないのに!?
『にゃー』
ノーライフキングの放つ呪文(?)と共に、空間が歪み始める。
そして現れたのは……。
『デメテルセポネちゃん、おひさー』
『会えて嬉しい!……あら、マニキュア変えた?』
本当に神現れたーッ!?
神々しい!?　輝かしいッ!?
あれ?　でも待って違う?
現れた二神は地と海の神であって、我ら人族が崇める天の神とは違う。
あっ、ほらほら太鼓バンバン叩いてた教団残党ガッカリしてる!?
しかし、望みは断たれたわけではなく……。

『では次に天母神ヘラを召喚いたしましょう』

ノーライフキングが言ったので下がりかけたテンションが俄(にわ)かに回復の兆し。

再び召喚の儀が執り行われ、現れた我ら人族の守護神！　天空の神！　その王ゼウスの妻にして、
つまりナンバーツーでもある。

私たちにもっとも馴染(なじ)み深い天神が現れて、ついに見物客たる我々のテンションは……。

『わたくし以外の女は皆等しく死に絶えればいい』

……本格的にダダ下がりになった。

＊　＊　＊

天の神様ヘラと他の神様との会談はそれはもう酷(ひど)いものだった。

天神の、地上の人々への思いやりのなさ。欠片(かけら)もねえ。

それに対する地と海の神様たちの慈悲深さが比べられて余計に酷さが目立つ。

それまで『天の神こそ世界の主(あるじ)！』と騒ぎ立てていた教団残党も意気消沈し『オレ、信徒やめるわ……』『オレも……』と絶望していた。

神々の会談は聞くに堪えなかったが、代わりに神を召喚して仕事を終えてしまったらしいノーラーフキング様が、こっちに寄って来たので触れ合った。

「あれ先生？　一般の人に近づいて瘴気(しょうき)大丈夫なんです？」

『聖者様、ワシも昨日までのワシではありませんぞ。あれから工夫を重ね、時限式ながら瘴気を消し去る魔法を新開発したのです！』

「おお！　凄い！」

『呪文名は「ファ・ブリーズ」としました』

神様がガッカリだった分、この優しげなノーライフキング様への人気爆発。

皆で列をなして握手を交え合った。

私もノーライフキング様と握手した。感動した。

中には生まれたばかりの赤子を連れてきた若母もいて……。

「神様にこの子の誕生を祝福してもらおうと思ったのですが……」

『女の子ですな？　ならばヘラ神には見せぬ方がよいでしょう「ゼウスから見向きもされないブスに育ちますように」と呪詛を受けますぞ』

皆で納得して頷いた。

*　*　*

こうして一生に一度の神様を拝する機会は、非常にガッカリな結果に終わってしまったがノーライフキング様のおかげで何とか持ち直した。

ヘラが『ケーキもっと食べたい』と言いながら他の女神たちに押し込まれて退場していったのに

は本当にガッカリした。

帰ったら家に置いてある祭壇を片付けて、地の神を崇拝するものに替えよう。

息子に言って地の神と海の神用祭具を店に置くようにしよう、きっと売れる。

ところで。

この日なんで神が呼ばれたか、その理由が最後まで不明だったが、何でも世界三種族の間でも結婚して子どもを作れるようにと神にお願いするためだったらしい。

それが判明したのが、ダルキッシュ様が娶(めと)られた魔族の奥方が妊娠されたことからだった。

何にせよめでたい。

俺です。

最近は農場の外で活動することが多くなったなあと思いつつ、今回は農場内での話である。

ヴィールの山ダンジョンで営まれているダンジョン果樹園に湧いて出た新しい仲間。

樹霊。

ウチで育てている果樹に憑りついて『意思のある樹』みたいなことになっている。

果実の育成を樹自身が管理してくれたり、異状があったら知らせてくれたりで、こっちにも利があるので特に排除したりせず共生している。

現在確認されている樹霊はカカオの精カカ王や、たけのこ魔人タケノッコーンとか。

しかし、他にも樹霊化した果樹は着実に増え続けていて、今日もそんな樹霊化した樹に会った。

『柿の樹霊、カキエモンです！』

柿か。

美味しいよな普通に。

そのまま食べてもとっても甘いし、干し柿にしたり柿ジャムにしてもいい。

特に柿は甘柿と渋柿の見分けが難しいから、樹霊に管理してもらうと凄く助かる。

『お近づきのしるしにこちらをどうぞ！』

と言われて、あるものを両手いっぱいジャラジャラ貰（もら）った。

「……これは？」

『柿の種です！』

「なんで？」

『なんでって……⁉　私は柿の樹霊なのですから柿の種を出すのは当然のことかと……⁉』

「うん、そうだね」

俺もこれが本当の柿の種なら納得していただろう。

しかしこれ。

柿の種は柿の種でも、本来あるべき柿の種じゃない。

どういうことかわからないか。

要するに、あるじゃん。

柿の種って呼ばれるものに、もう一つ。

酒のつまみに最適な、米菓の方の柿の種。

練ったもち米を細かく切って醤油（しょうゆ）塗って焼く、形状が似ていることから『柿の種』と名付けられた。

ピーナッツと混ぜて出されることがよくある。

あれ‼

あっちの柿の種を！　植物の方の柿が出しやがった‼

なんで!?

「おかしくない!?」

『おかしくないでしょう？　柿の樹霊である私が柿の種を出して何か問題でも？』

だから!!

……まあいいや。

コイツら樹霊の摩訶不思議さは今に始まったことじゃない。きっとこれからも様々な樹霊が不可解なことを引き起こすのだから、いちいち反応していては身がもたない。

ただ受け入れろということなのだろう。

幸い柿の種（お菓子の方）は美味しいので、普通に持って帰って食べるとしよう。

考えてみればお菓子方面はケーキやらアイスクリームやらチョコやら甘いものの率が高いから、ここで塩辛い系のお菓子が出るのは実にいい。

一粒、ポリッと口の中に入れてみる。

うむ、美味しい。

小粒に、醤油の塩辛さがピリッと利いているのがいいな。

この辛味は唐辛子も混ぜてあるのだろうか？

だとしたらなおさら美味しい。

「こうして食べてると、お茶が欲しくなるなあ……！」

いや。

いっそビールが。

柿の種って、ビールが進む米菓子なんだよ！

くそう！　いかん！

ほんの試食のつもりだったのにビールが飲みたくなってきた！

まだ真昼間なのに、酒臭い息吐いたらジュニアに触らせてもらえなくなる!!

「あれー、何々？　何食べてるの？」

悶(もだ)えていたら、また何者かが美食の気配に誘われて現れた。

レタスレートだった。

最初に出てくるのがプラティやヴィールでないのは珍しい。

「貰いものだよ、食ってみる？」

「いただきまーす。美味しい！」

滅ぼされた人間国の姫君ながらすっかり我が農場に住み慣れてしまったレタスレート。

来てすぐの頃はお姫様らしい傲慢さを見せつけていたが、今ではすっかり働き者で打ち解けている。

「この味は醤油ね！　ピリッと辛くて歯応えもよし！」

「ほう、よくわかっているではないか」

「これをもっと美味しくする方法を思いついたわ！」

「ん？」

そしてレタスレートは俺に断りもなく、何かを柿の種にぶち込んでかき混ぜる。

それは白くて、柿の種と同程度に小粒の無数。

ピーナッツ!?

コイツ日頃からピーナッツ（塩茹で済み）を持ち歩いているのか!?

「おお！　やっぱり思った通りだわ！　柿の種とピーナッツのそれぞれ違う歯応えが交互に来て！

一口ごとに新鮮な食感を味わえる！　さすが私！　すぐさまこんな食べ合わせを開発できるなんて天才ね！　これを柿の種とピーナッツの組み合わせとして……、柿ピーと名付けましょう!!」

たしかに天才かもしれない。

異世界にいながら、誰にも教えられることなく柿ピーにたどり着いた、その発想。

天才と評してもよかろう。

しかし……！

「何してくれてんの？」

「え？」

俺の心に怒りが発した。

柿の種にピーナッツを混ぜるなど極上の料理にハチミツをぶちまけるがごとき愚行！

「柿の種は、柿の種で純粋に味わうから美味しいんでしょう？　ピーナッツなんか混ぜたら味が曇るじゃん？　雑味じゃん？」

「はあッ!?　何言ってんのよ、これは二種以上の味が奏でるハーモニーよ！　柿の種ばっか食ってたら辛くて舌がマヒしちゃうでしょう！」

「だったら水飲めばいいんだよ！　お茶でも酒でもいいから舌を洗えば、辛味もリセットできるだろうが！　なんでわざわざピーナッツ食わなきゃならんのだ！」

「水なんか飲んだら胃の中で柿の種が水分吸って脹れちゃうでしょう！　お腹いっぱいになっちゃうじゃない！　そうさせないためのピーナッツよ、それぐらいわかりなさいよ！」

「ピーナッツのために割く無駄な胃袋リソースを鑑みれば相殺だろうがよ。ピーナッツなんてモソモソして口の中パサパサにするから結局水飲まなきゃいけないし！」

「水飲み過ぎなのよ！」

　勃発してしまった。

　そうこれこそ度々繰り広げられる飽くなき争い。

『柿の種にピーナッツを入れるのはアリかナシか』戦争。

　ある者はピーナッツなど不要と断じ、またある者は柿の種にピーナッツの取り合わせは欠かせないと言う。

　両者の主張は決して重なり合うことはなく、未来永劫争い続ける。

　俺とレタスレートは、そんな百年戦争へと突入してしまった！

「……なんつーくだらない争いしてるの？」

「まったくですね」

　激突し合うこと小一時間、ギャラリーから呆れ果てた視線を向けられた。

ジュニアを抱えたプラティと、ホルコスフォンだった。

プラティは、何か美味いものがあると真っ先に駆け付けるし、ホルコスフォンはレタスレートと絡むことが多いから彼女を探しに来たんだろう。

そして本来なら、これにヴィールも加わるはずだが……。

「ヴィールなら、アンタたちがアホな争いにかまけている間に、新作お菓子食い尽くして去っていったわよ？」

「あれ、本当だ、ない！」

カキエモンから貰った柿の種がピーナッツ諸共消え去っていた。

またカキエモンに貰いに行くか自分で作り出さないと！

「何が混ざっていようと美味しいものは美味しいんじゃない？　何故主張を争わなきゃいけないのよ？」

プラティの主張ももっとも。

いつもならその平和的意見を受け入れる俺だが、こと柿の種に関しては絶対に退くわけにはいかぬ！

「私も絶対退けないわ！　ピーナッツを否定されることは私の全存在を否定されるのも同じこと!!」

「アナタいつからそんなピーナッツ信者になったのよ？」

プラティが呆れ果てて言った。

「そこは私から説明しましょう」

レタスレートと仲良しのホルコスフォンが挙手。

「レタスレートは、ソラマメから始まって豆系作物の生産にドハマリしてまして、ピーナッツもまた彼女の得意分野なのです」

それで塩茹でピーナッツも常時持ち歩いているの？

「いまや豆類生産に人生を懸ける女と言ってよく、この機会にマメレートに改名しようかと考えていたほどです」

「じゃあレタスレートって名前やっぱレタスから来てたの？」

「私も、納豆作りに最適な大豆を育てる作業をレタスレートに手伝ってもらって大いに助かっています」

なるほど。

それほどまでに豆類に情熱を注ぐ女。そんな彼女にとってピーナッツを否定されることは許しがたい。

その情熱は尊敬できるし、通常ならばピーナッツを讃える精神には大いに共感できる。

「しかし柿の種に混ぜることだけは俺も譲れんのだ！」

「私だって！　絶対に柿の種にはピーナッツを混ぜて食べる！」

争いは留まらない。我ら二人のどちらかが敗北して死するまで！

「……アホ臭いことこの上ないけど、この争いが平定してくれないと困るわね」

「では、私におまかせください」

ん？

どうしたホルコスフォン？

こっちに来て何をする気だ？

「……古来より、二者の争いを拮抗させるもっともよい方法は、第三勢力を投入すること」

まさかホルコスフォン、お前自身が柿ピー戦争の第三勢力に!?

「私は、柿の種に納豆を混ぜる派として参戦表明します!!」

「「参りましたぁぁ――――ッ!?」」

だから何にでも納豆を混ぜようとするな!!

ホルコスフォンの暴挙的進軍によって俺もレタスレートも降参せざるをえなかった。

柿ピー戦争やむなく休戦。

納豆の何が恐ろしいかって。

何と混ぜても美味くなりそうな可能性をギリ秘めているところ。

柿ピー納豆とか普通にアリな気がする!!

出産祝いラッシュ

我が子ジュニアが生まれて早三ヶ月。

その間絶え間なく皆が祝辞を述べてくれた。

新しい命の誕生。

それよりめでたい祝い事などあるだろうかという勢いで毎日お祝いムードだった。

我が農場に住む者たちは無論のこと、その外からの客人たちも。

ある時などは魔王さんが訪ねて来て……。

「申し訳ない」

来るなり速攻土下座された。

「ええッ!?　なんでッ!?」

魔王さんから頭を下げられる心当たりがまったくないので困惑する。

「ご子息への出産祝いが遅れた挙句、結局渡せなかったことに対して謝罪させていただく！　我が身の不甲斐(ふがい)なさこの上ない!!」

そういうこと。

まあたしかに出産に伴って祝いの品を贈り合うのはよくあること。

ウチだって魔王さんのとこのゴティアくんやマリネちゃん誕生の際には、農場からたくさん出産祝いを贈った。

それに対して此度、ウチのプラティがジュニアを出産したのは、絶好の返礼の機会ということだろうが……。

「聖者殿の愛息にどんな贈り物をしていいのかわからず……！　ぶっちゃけ、何を贈っても元々ここにあるものに見劣りするので、あらゆる贈り物候補が却下に……！」

「ああ……、なんか……、そう、すみません……！」

たとえば、ウチのジュニアにベビー服でも贈るとしよう。

ただ我が農場にはバティという世界最高水準の縫い師がいる。

彼女のデザイン、作成する服はトップブランド。

素材も我が農場でのみ作られる一級の生地。さすがに金剛絹のような伝説級素材は滅多に使わないが、普通の絹や木綿など、日常生産される素材も外に出せば凄まじい価値があるという。

そんな素材と制作者によって作り出された自前ベビー服に勝るものを、用意できるか？

……できなかったらしい。

それは他の品物についても同じような状況で、贈り物とすることを却下。

何を贈っていいかわからない。

という風に魔王さんを困らせていたとは！

「き、気にしないでくださいよ。気持ちがこもっていれば何だって嬉しいですよ！　俺と魔王さんの仲じゃないですか!!」

「……いや、そうやって聖者殿の寛容さに甘え続けるわけにはいかん。ここはせめて、肝心の気持ちだけでも全力で表そうと思い用意させてもらった！」

その言い方だとあるんですね贈り物!?

わかりました！

その出産祝い、何であろうと全力で喜ばさせていただきます!!

「歌を歌う！」

「ん!?」

「ジュニア殿誕生の喜びを込めて、我が魔族に伝わる祝いの歌を歌わせていただく！　それが我からのプレゼントだ！」

マジで気持ちだけを純化させてぶつけてきた。

魔王さんが咳払い(せきばら)いして喉を調整している間、オークボやゴブ吉が楽器持って出てきた。

「キミらが演奏するの!?」

楽団オーク&ゴブリンの演奏。

魔王ゼダンさんによる歌。

曲名『おはよう赤ちゃんボンジュール』

「お〜はよぅ、赤ちゃんボンジュ〜ル〜♪」

うわ、すっごい美声。

魔王さんらしい低音の歌声が腹にズッシリ響く。

普通にプロ並みの歌唱力。

それを母プラティに抱かれて、一番前で静聴する我が息子の表情は曇っていた。

……ちょうど今時、お昼寝の時間帯だった。

『静かにしてくんねえかなあ』という表情になるのも致し方なかった。

ゼロ歳児に気を使えというの無理な話か。

魔王様、サビの繰り返しまできっちり歌い上げて終了。

普通にスタンディングオベーションが起きそうなくらい、いい舞台だった。

「どうだろう!? 喜んでくれただろうか!?」

しかしそれをきっちり理解するのは、まだゼロ歳児にはキツイかなあ?

「おお! ジュニア殿も喜んでいるではないか! よかった! 気持ちが伝わった!」

「えッ!?」

つられて見てみると、すぐさま昼寝したいジュニアの表情には何とも言えぬ苦笑が浮かんでいた。

ゼロ歳児が既に気を使うことを覚えていた。

さすが俺の息子と思うと同時にやるせない気分になった。

＊　＊　＊

そんな風に、外からの出産祝いに贈られるものは気持ちを最大限に示した無形のものが多かった。

アロワナ王子からは神前相撲でジュニアの無病息災を祈るものだったし。

もちろんそれらの催しは嬉しい。

皆がジュニアの誕生を祝い、健やかな成長を祈ってくれているわけだから、これ以上に嬉しいことがあるだろうか？

いやない！

そんなこんなでジュニアも幸せ者だなあ、と満足しつつ新生児期が過ぎていくかと思いきや……。

特大級の出産祝いがやって来た。

＊　＊　＊

『出産祝いを届けに来ましたぞ』

「え？　先生が？」

ノーライフキングの先生のご訪問に、不審を感じたのには理由がある。

先生は、既にジュニアの出産祝いを贈り終えているはずだったからだ。

かなり初期、それこそ生まれたその日のうちに、先生はジュニアに元気に育つ守護魔法をかけてくださったではないですか。

それなのに重ねてプレゼントに来られるとは……。

まさか先生、アンデッド歴千年目にしてついに『出産祝いはまだかい？』『もう贈ってくれたでしょう』的な状況に!?

『いやいや、ワシのはもう贈り済みなのは知ってますとも。まあ別に何度も繰り返し贈ってもよいものですが』

じゃあどういうこと?

『ジュニアに贈り物をしたがっているのは、この方々でしてな。じゃー』

先生が杖(つえ)を振ると、空間が歪(ゆが)んで次元の穴が開く。

もはや見慣れた光景だが、これはつまりまた……。

「神降臨!?」

地の神ハデスと、海の神ポセイドス。

それに加えて各眷族(けんぞく)神の方まで押し寄せてきて、いつ以来ぶりの神大集合!?

『聖者の息子に祝福を与えるのは余だ』

『いいや余だ!』

現れるなりケンカしてる地と海の神!?

一体何事なんです!?

『聖者よ、跡取り誕生おめでとう。今日はこの地母神の夫ハデスが直々に祝いにやって来たぞ』

『だからそれは余の役だって言ってるだろー!　勝手に割り込んでくんな!!』

なんでそんなに険悪なんです?

あんまウチの子にギスギスした人間関係……もとい神関係を見せないでほしいんですが?

教育に悪いから！

『何、聖者よ。汝(なんじ)の下に新たな命が生まれたからには、神からも祝いを贈らねばならんと思ってな。不死の王に命じて降ろしてもらったというわけじゃ』

「それは気を使っていただき申し訳ない……！」

まさか神直々にお祝いが来るとは。

スケールがデカすぎて畏れ多いが、来てくれたからにはしっかり歓待しなければ。

『だから聖者の息子に祝福を与えるのは余だって言ってるだろ！　地の神どもは帰れ!!』

しかしハデス神の横で、海神ポセイドスが執拗(しつよう)にごねていらっしゃる。

だから何故(なぜ)そんなに敵対的なのです？

お祝いなんだから皆で和気藹々(わきあいあい)と祝えばいいでしょうに？

『……聖者様、これには神々の定めたルールが大きく影響しておるのです』

見かねた先生が補足してくれた。

『神には、人と接する際に絶対守らねばならぬルールがいくつかあるのです。その一つ……！』

——神は人に、さらなるものを与えてはならない。

「ああ」

それ前にも聞いたことがある。

なんでも前に、神が人へ色々な力や加護を与えすぎたせいで世界のバランスが崩れかけたから、与えるなら一つだけにしましょうってヤツだよね？

『そのルールから、ご子息へ贈られる神からの祝いは一回のみ。その権利を巡って神々は反目し合ってるわけですな』

なるほどわかった。

我が子ジュニアを巡る神々の状況が。

正直やめてほしい。

ウチの子が原因で神々の戦争が勃発したら洒落(しゃれ)にならん!!

「ここは厳正に、どちらの祝福がジュニアに相応(ふさわ)しいか厳正に審査しましょう!」

神対抗。

ジュニアへの贈り物品評会スタート!!

始まりました。

神々対抗、ウチの息子への贈り物コンテスト。

司会及び審査は俺にて進行させていただきます。

ではまず、参加者の意気込みを聞いてみましょう。

『全員殺す』

『我が前にひれ伏すがいいわ』

冥神ハデスと海神ポセイドス両名のコメントでした。

物騒。

『大体よハデス。おかしいとは思わんか？』

『何がだ？』

『聖者の妻は人魚だよな？　つまり、聖者の息子は、その妻の人魚の息子でもある。彼に流れる血の半分は人魚のものだ』

『だから？』

『その人魚の守護者こそ、この海神ポセイドスではないか。ならばこの子に贈り物を与えるのも余の仕事。部外者は引っ込んでおれ』

なんか開始前から小競り合いが繰り広げられている。

『くっくっく……！　浅はかなり海の神』

『なんだと!?』

『生まれがどうあれ、子どもが生まれたのは地上、我ら地の神の領域だ。土の上に住み暮らす者は誰であれ我が子！　よって我ら地の神にこそ贈り物をする権利がある!!』

『ぐぬぅッ!?』

あの……！

前哨戦はそれくらいにして、そろそろ本戦に……！

俺たちも今日の作業を休んで付き合ってるんですから……！

『よかろう！　ではこの冥神ハデスが用意した贈り物から披露しよう!!』

「お願いします！」

『不老不死』

ちょっと待て。

大袈裟すぎる。

贈り物豪華すぎてドン引きする。

『ダメかな？』

「ダメですね！　そんな世界のすべてを手に入れた覇王が最後に追い求めるようなものを生まれたばかりの息子に与えんでください!!」

恵まれ過ぎるのも却ってよくない。

いや、それ以前の問題!!

「節度をお願いします！　贈り物にも節度を!!」

『カッカッカ！　考えが足りんかったようだなハデス！』

撃沈した対戦相手に勝ち誇った笑いを向けるのは海神ポセイドス。

『お前は、人の子の感覚が摑みきれておらんのよ！　神にとって当たり前のものでも人には持て余すこともあるのだ！　その感覚にピッタリ沿った、余のベストチョイスを見よ!!』

では発表してください。

海神ポセイドスさんからの贈り物は……！

『七つの海の支配権』

「失格ッ!!」

ダメです！

『えッ？　何がいけなかったの?』みたいな顔しないでください海神！

ゼロ歳児になんてもの与えようとしてるんですか!?

それに海は支配するものじゃないでしょう！　海は自由！　この海で一番自由なヤツが海賊王だって言うじゃないですか!!

『えぇ……！　ダメか……！』

『やはり聖者の審査は厳しいのう。普通の者だったら、どっちの贈り物にも喜んで飛びつくのに

『……！』
喜んで飛びつくヤツはむしろ絶対与えちゃダメなヤツでしょう。
ハデスのチョイスも、ポセイドスのチョイスも。
世界の安寧のために気軽に与えないでくださいね？
さて、こうして主神二名が失格となった。
しかし挑戦者は尽きない。
今日、御降臨あそばされた神は他にもたくさんいる。
『フッ、やはりダメねえ旦那たちは』
『男は頭が固いのよ。プレゼント選びは、それこそ女の独壇場！』
次に現れたのは地母神デメテルセポネと海母神アンフィトルテの二神。
ついこないだも会ったばかりの女神たちだ。
そう、今回は先生がたくさんの神を召喚している。
十～二十神はいるであろうか。
その全員がウチのジュニアに贈り物をしようとしてるの!?
しかもたった一つしかない権利の座を懸けて競い合う!?
『この戦い、私が絶対に勝つ!!』
『必ず聖者の息子に我が手で祝福を！』
『そしてお礼にたくさんご馳走を貰う！』

今下心が垣間見えた。

ああ、それでこぞって集まったというわけか。

『待ちなさい、慌てんぼな卑しんぼさんたち！』

『今は私たちの幕よ。この世界の母たる神々の』

デメテルセポネとアンフィトルテ。

女神たちが繰り出す贈り物は一体いかなるものか？

本人たちも言った通り、やはりプレゼントのセンスとしては男性よりも女性の方が優れている印象があるので、夫神たちよりは高得点が見込める。

『まあ、色々考えてはみたわ。相手が喜びそうなものを』

『こういうのは、相手の身になって考えることは大切よね』

そうは言ってもウチのジュニアは生後三ヶ月。

せいぜいまだおっぱい程度しか望むものがないと思いますが？

『とりあえず、赤ちゃんは男の子なんでしょう？』

『ならば、欲しいものは決まっている。いずれ必ず望むようになるでしょう』

そして彼女らは発表した。

我がジュニアへ贈る必殺の……！

『世界中すべての女からモテモテになる運命!!』

「やめろ!!」

ウチのジュニアをハーレム主人公にする気か!?

『あれ？　これもダメかしら？』

『よく考えたら聖者ちゃんの息子だもん。そんな運命与えられなくても素でモテモテになるってことでしょう？』

やめろよその言い方!!

親の俺までモテモテみたいな言い方じゃないか、そんなことないぞ！

ないよね？　ないから！

『母上たちもダメだったようですね！』

『ではいよいよ我々の出番ということ！』

主神、主神の妻に続き、その子どもたちと言えるポジションの眷族神がアップしてきました。

今度はそれら眷族神の一斉攻勢がああああ――――ッ!?

『私が、聖者の息子に与えるのは、一回の狩りで千匹の獲物を得ることのできる能力！』

「持ち帰りきれないし食いきれない！　却下！」

『七回まで死んでも生き返るようにしてあげよう！』

「さっきの不老不死の下位互換じゃねーか！　却下！」

『すべての知識が溶けた泉の水を飲ませよう！』

「なんか代償が取られそうだから却下！」

『人からも獣からも殺されないようになる！』

「むしろ死亡フラグ臭い！　却下！」

『男でありながら女の人生も経験できる！』

「ウチの息子に変な性癖を植え付けるな！　却下！」

『めんどくせえ！　率直に世界最強の武力を！』

「率直に却下！」

『えーと……！』

「却下！」

＊　＊　＊

すべての神々の提案が結局ノーサンキューだった。

だってコイツらの提示するもの全部度を越えてるんだもん。

俺は、我が子に英雄なんぞになってほしくないの。穏やかで一生無事に育ってくれたらいいの。

あとワンパクでもいいから逞しく育ってほしい。

なのに神々どもの贈り物は身の丈に合わない大袈裟なものばかりでよ！

俺の息子を覇王か皇帝か、さもなくば世界の破壊者にでもするつもりか!?

「まあ、落ち着きなさいよ旦那様」

満を持して我が妻プラティが出てくる。

いや、キミも怒れよ俺たちの子どものことだぞ!?

「アタシは嬉(うれ)しいわ、アタシの子どもがこんなにも皆から祝われてるなんて」

「え？」

「お祝いは、何も贈り物だけで示せるわけじゃない。こんなにもウチのぼうやを祝うために神々が一生懸命になってくれるんですもの。こんなに嬉しいことはないわ」

……!?

これは……!?

『そうか、そうか！』

『たしかに、一番大事なのは祝う気持ちだよな！　我々は大事なことを忘れていた！』

『誰が一番かだなんて重要じゃないんだ！　誰もがオンリーワンなのだから!!』

神々どもが都合のいいことを言って逃げに入りやがった。

しかし恐ろしい。

その逃げ道を作ってやったのは他ならぬプラティなのだから。

母は強しというが、子どもを産んだプラティはそれ以前よりもはるかに強(したた)かになったのではあるまいか？

『贈り物については保留でいいではないか！　まずは皆で、この子の誕生を祝おう！』

『ばんざーい！』

『おめでとー！』

『ビバ！』
『ビバ赤ちゃん!!』

神々がウチの子を取り囲んで万歳三唱し始めた。

なんだこの無駄に神々しい風景？

奇しくもまたお昼寝時のタイミングだったため、騒音にて眠りを妨げられるジュニアは不機嫌であったものの、何やら自分を讃えてくれる空気であることを察し、苦笑で応えるゼロ歳児であった。

こうしてすべて丸く収まった……、かな？

＊　＊　＊

余談である。

こんな風にありとあらゆる方面から祝いを頂いたジュニアであるが、一人だけまだのヤツがいた。

ヴィールだ。

このドラゴンはジュニアのことを溺愛してるので、何も与えないのはおかしいなと思い、催促にならない加減でそれとなく聞いてみたところ。

「あげる必要はないだろう？」

とヴィールは答えた。

「だってジュニアはずっとおれが守ってやるんだからな。それがおれからの最高のプレゼントだぞ」

…………。

コイツが一番ヤバいような気がしてきた。

我が農場にドラゴンがやって来た。

いや、もう別にドラゴン襲来くらいは大した事件でもなくなってきている。

ヴィールを始め、何回繰り返されたことか。

『だからもうドラゴンなんて慣れたもんだよ』と思うこと自体、感覚がマヒしてヤバいのかもしれないが。

しかしそれでも新たに現れたドラゴンは、俺を始め農場住人全員の度肝を抜いた。

それぐらい一線を画する存在だった。

まず大きさが違った。

これまで出会ってきたドラゴン……、たとえばヴィールとかアードヘッグさんのドラゴン形態なら何度も見て慣れているが……。

それより一回り以上大きかった。

特にドラゴンなら普通に生えている翼の大きさが違う。

体格自体も一回り大きいのに、翼については三倍近くの大きさがある。

だからその翼を広げて飛ぶと、それこそ空を覆い隠すかのようで、他のドラゴンより遥(はる)かに大きく見えた。

さらに、そのドラゴンの特殊性というべきか、鱗の色が純白に輝いていた。

今まで見てきたドラゴンの鱗の色は、ヴィールなら銀、アードヘッグさんなら金とかだったが。

このドラゴンは峻嶮に降り積もる万年雪の、輝く処女雪のような白だった。

そして何より、そのドラゴンが放つ覇気とでも言うべきもの。

素人の俺ですらわかる。

これこそ覇者が放つべき気迫。

「ぎゃわああああああッ!?」

「うひいいいいいいッ!?」

あまりに凄まじい覇気に、もはや凄いものに慣れたはずの農場住人ですら前後を失い逃げ惑う。

来たばかりの留学生などは、その場で泡噴いて気絶した。

「これは……、まさか……」

呆然と立ち尽くしながら、空舞う強ドラゴンを見上げる俺。

俺はあのドラゴンを一目見るなり確信した。

「間違いない……!　あれこそガイザードラゴン!!」

竜の皇帝と称される最強竜!

これまで何度か話題に出てきて名前だけは知っているが、だからこそ思い当たった。

ヴィールたちすべてのドラゴンの生みの親で、全ドラゴンを支配する者。

元々最強とされるドラゴンの中でさらに最強なのだから、それはもうどうしようもないレベルということになる。

それが何故（なぜ）いきなり農場に乗り込んで!?

俺たちなんかやらかした!?

実際俺たち、知らないうちに何かやらかしてる事案が時折あるからなあ。

土下座する準備しないと!

そうこう考えている間、ガイザードラゴン（?）は空中を旋回し、一向仕掛けてくる様子もない。

しかしやっと地上に降りてくるかと思いきや、俺たちのいる場所から大分離れて、農場の外れに着陸した。

何故そんな離れたところにわざわざ?

俺も着地点へダッシュで向かう。

やっと追いついた頃、神々しい強ドラゴンの姿は光に包まれ、ズンズン収縮していった。

そして人の形へ……。

「お仕事中、お邪魔いたす」

ドラゴンの人化は慣れたものだった。

あの皇帝竜（?）が人に変身した姿は、まさに王者の貫禄（かんろく）に相応（ふさわ）しいもの。

豊かな髭（ひげ）を蓄えた、老人の姿だった。

老人とは言うが、だからといって老いて衰えた印象はまったくなく、背筋はピンと立ち、全身気力が漲（みなぎ）って、若者と変わりない力強さを発している。

顎から臍辺りまで伸びる髭は、老人であることを印象付けたいかのように白色。だが、あまりに毛質がいいのか白を通り越して白銀色に輝いていた。

髪の毛も髭も量豊か。

まるで威厳と親しみやすさを保つよう、あえて老いを装っている。

規格外の若さと強さを備えた者。

そんな風に思えるほどだった。

「警戒を解いていただきたい。わたしは、争いを携えてここに来たわけではない」

「あっハイ」

皇帝竜（？）意外と友好的。

と言っても相手は最強の中の最強。仮にケンカ腰で来られても、こちらは対抗しようがないので武装解除する以外ないのだが。

「まずは唐突な来訪を詫びさせてもらう。先に伺いを立てるべきなのはわかっていたが、こちらへの伝手がないので押しかけ同然に訪ねさせてもらうしかなかった」

なんか非礼を詫びらせた？

礼儀正しいぞ、この最強ドラゴン？

「いえいえ、そんなお気遣いなさらずに……」

「上空から眺めさせてもらったが見事な畑であるな。広大であるだけでなく、植えられた作物の瑞々しさが、遠くからでも一目でわかった。余程大切に育てられているのだろう」

「いえいえ！」

しかも褒められた！

ウチの畑のこと褒められるとテンション上がるなあ!!

「大事な畑を踏み潰してはいかぬと、こちらに着陸させてもらったが、問題ないだろうか？」

「問題ないです！　ここただの空き地なんで!!」

わざわざ農場の外れに降りてきて何だろうと思ったら、そんな心配りを!?

凄いなガイザードラゴン（？）。

想像していたより随分紳士的ではないか！

ヴィールに見習わせたいぐらい。

「わたしはグラウグリンツドラゴンのアレキサンダーという者」

「あれ？」

なんか想像とまったく違う名前が出てきた？

確信すらしていたのに。

「ここからドラゴンの気配を察した。もしよければ取り次いでもらえないだろうか？」

＊　＊　＊

特に断る理由もないので、対応することにした。

ウチにいるドラゴンと言えば、ヴィールで間違いないだろう。

「おお！　アレキサンダー兄上ではないか！　久しいな！」

会うなりヴィールは、来訪ドラゴンと親しげに挨拶する。

やっぱり知り合いなのか。

そしてヴィールが、アレキサンダーさんとやらに……。

「死ね」

「なんでいきなり罵倒!?」

挨拶の直後に罵倒が出た。しかも最高クラスの。

「今のおれには、ジュニアのお昼寝を見守るという大事な使命があったのに。それを邪魔する者には誰であろうと死あるのみ」

「キミちょっとジュニア原理主義者になりすぎてません!?」

ウチの息子が生まれてから、ヴィールはずっとこんな調子だった。

実親である俺やプラティなどより数段ヴィールこそがジュニアのことを猫可愛がりしている。

まあウチの子を好きでいてくれるのは嬉しいんだが『最近度を越してないかね？』と心配になることが幾たびか。

「まあ、ジュニアのことはプラティが見てくれるから……！　それよりも紹介してくれんかね、このドラゴンさんを」

「ご主人様に命じられたからには、いたしかたない。コイツはおれの兄竜でアレキサンダーというのだ」

「お兄さんをコイツ呼ばわり!?」

そして、この竜がガイザードラゴンだとばかり思っていた俺は、壮絶勘違い野郎!?

『あれは間違いない確信キリッ』

なんてやってしまって恥ずかしい!

「兄上はグラウグリンツドラゴンだからな。次のガイザードラゴンの筆頭候補なのだ」

へー。

跡取り息子ってヤツか。

「しかも兄上は、その称号に恥じることなく最強の竜力の持ち主で、実力的には既に老いた父上より上なのだ。今や地上最強の竜はアレキサンダー兄上と言ってよいだろう」

「あまり持ち上げんでくれ。わたしは平穏に暮らす一ドラゴンに過ぎぬよ。後継者の座も父から取り上げられてしまったからな」

え? なんで?

「父と考えが合わなくなってしまったゆえ……」

「兄上は、やたらニンゲンを依怙贔屓(えこひいき)する変わり者ドラゴンなのだー。父上は、そんな兄上のことを侮辱しまくりだったからな」

ヴィールが解説を加えてくれる。

その父上ってヤツこそ、竜の皇帝ガイザードラゴンのことだよね?

「だが、わたしはそのことを後悔していない。父はニンゲンたちのことを愚かで脆弱(ぜいじゃく)な種族と見下すが、わたしの考えは違う。ニンゲンこそもっとも強固で、壮大なことをなしえる種族だ」

あらまあ。

「たしかにニンゲンは弱い。一人一人の能力などたかが知れている。しかしニンゲンは一人だけでなく、多くの仲間と協力し合うことで、どんな困難をも乗り越えることができる。たとえできなくとも、問題に向き合ってきた経験と信念を積み上げ、次世代に託すことができる。そしていつかは打開する。それがニンゲンの、ドラゴンにはない能力なのだ！」

「兄上ってニンゲンのこと喋(しゃべ)ると早口になるよな」

ヴィールに一言でまとめられた。

「それで兄上は今、ニンゲンどもの勢力圏内にあるダンジョンに巣食ってニンゲンどもを迎え入れてるんだっけ？」

「うむ、頑張るニンゲンたちを応援したくてな。我がダンジョンでは冒険者たちが好きに入って採取できるよう取り計らっている」

凄く人類に優しいドラゴンではないか。

「そんな兄上のニンゲン好きを父上はバカにしまくってたんだけど、実力はもう既に兄上の方が上だから下手に悪口言えない。だから腹いせに兄上の後継者としての資格を剥奪したのだ」

「皇帝竜、器小っせえ」

「それで他のドラゴンたちによる後継争いが始まったのだが……。そういえば兄上どうしたのだ？

今さら外に出て。後継争いに絡み直す気か？」

ヴィールは久方ぶりに外に出てきた長兄に聞いた。

「いいや、わたしは今さら皇の座に興味はない。しかしそんなわたしですら看過できない事態が起こったようでな」

アレキサンダーさんは、威儀を正して言った。

「父上が倒されただろう？　ヴィール、お前何か知らないか？」

真なる最強ドラゴン。

グラウグリンツドラゴンのアレキサンダーさん。

その突然の来訪は、俺たちに事件を予感させたが。

やっぱり事件が起きていたらしかった。

「お父さんが、倒されたって……？」

俺もさすがに加わらざるをえなかった。

アレキサンダーさんのお父さんってことは、それこそ竜の皇帝ガイザードラゴンだろう？

そのガイザードラゴンが倒されたって!?

大事じゃないか。

「私も気づいたのはつい最近でな。大気に交じって伝わってくる父上の気配が途絶えたのだ」

「そんな風に感じ取れるんですか？」

「父上は老いたりともガイザードラゴン。その存在感は世界全土に充満する。ただ気をつけて探知しないと感じない程度で、わたしも父上のことなんかどうでもいいから、しばらく気にしていなかったのだ」

で、つい最近になって異状を察知したと。

「わたしも竜同士の社交を断って久しいので情報が入って来ぬでな。何か知っている同胞がいないかと飛び回っていたら、ここを発見した」

そしてヴィールと出会ったと。

「ヴィール、お前何か知っていないか？」

「知ってるぞー」

ヴィールはいつも通りにあっけらかんと答えた。

え？

知ってるの!?

「ご主人様だって知ってるんじゃないのか？」

「何が？」

「あの人魚どもが父上を倒したって」

……。

ん？

人魚？

って誰!?

竜の王様を倒しちゃうようなマッチョブルな人魚に心当たりがないんですが!?

脳内検索ヒット、ゼロ件!!

「ご主人様も薄情だな。ほらアイツだよ、プラティの兄ちゃんの、こないだ修行から帰ってきた」

「アロワナ王子!?　マジで!?」

俺何も聞いてないけど!?

アロワナ王子からは帰還後、修行の土産話をチラホラ聞いていたが、さすがに皇帝竜を倒しましたなんてエピソードは聞いてない!?

あまりにスケールがデカい話なんであえて話さなかった？

奥ゆかしいアロワナ王子ならありそうな話だが。

「おれはアードヘッグのヤツから聞いたぞ。『うっかり父上を倒しちゃったけどどうしよう？』って相談口調で」

「そんな軽い話なの!?」

うっかりで倒しちゃったんだ、しかも!?

「…………」

その話を聞いて、賢老の姿を持つ皇太子竜アレキサンダー。

しばらく沈思して……。

「では、父上を倒したのはアードヘッグとその仲間たちか？」

と確認してきた。

いや待ってください!?

まさか、お父さんを倒された敵討ちとか!?

それはアロワナ王子やパッファなども標的に入ります!?

「アードヘッグに会わねばならんな。今どこにいるだろうか？」

会ってどうなさるおつもりで？

まさか『罪を償え死ね！』みたいな展開にならないよね!?

「アイツは今、世界中を飛び回ってるだろう気ままに。普通に探すとなったら面倒くさいぞ」

「そうか」

「そこで、アイツには緊急用の何処(どこ)にいても繋(つな)がる魔法通信を登録済みなのだ！　呼べば、どんなに遠くにいても今日のうちに飛んでくるだろうドラゴンの翼なら」

ちょっとヴィール！

何トントン拍子に話を進めてるの!?

もう少しアレキサンダーさんの真意を伺(うかが)ってからの方がいいんじゃなくて!?

「頼む、呼んでくれ」

「わかった、ハイ来れ、来たコレ！」

何それ呪文!?

「何か用ですかヴィール姉上!?　おや、アレキサンダー兄上までいらっしゃるではないですか!?」

そしてすぐ来た!?

グリンツドラゴンのアードヘッグさん！

なんでそんなにタイムラグなしに来ちゃうの!?

まったくドラゴンってなんで何から何まで常識が通用しないの!?

＊　＊　＊

こうして我が農場に計三人のドラゴンが集った。

ドラゴンの数え方って『何人』でいいのか？

それはともかく。

元々ウチに住んでるグリンツェルドラゴン（皇女竜）のヴィール。

ちょくちょくウチに顔出すグリンツドラゴン（皇子竜）のアードヘッグさん。

そして今回初参加のグラウグリンツドラゴン（皇太子竜）のアレキサンダーさん。

……あと一匹なんかいたような気がしたけど、これ以上話がややこしくなるのが嫌なので、触れないでおいた。

酒瓶の中で大人しくしていてくれ。

とにかく、ここが複数の竜が集うサミット的空間に。

「我が弟グリンツドラゴンのアードヘッグに問う」

「何でも答えよう」

「我らが父ガイザードラゴンをお前が討ったという。相違ないか？」

「違うな。おれ一人の手柄ではない。我が旅の仲間全員で得た勝利だ」

アードヘッグさん！

無闇に仲間を巻き込まないで!!

「おれが英雄にして王者と認めたアロワナ王子や、その奥方パッファ。それにソンゴクフォンやハッカイ。誰一人欠けても父上には勝てなかった」

普段なら「何て仲間思いな物言いなのでしょう!」と感動するところなのだが、今は不安で胸いっぱい!

大丈夫?

アレキサンダーさんから『では、その仲間全員に報復するとしよう』とかにならない!?

「……そうか、よくぞ成し遂げた」

あれ?

「父上には、いずれ我が手でけじめをつけなければならないと思っていた。それがグリンツドラゴンの筆頭たるグラウグリンツドラゴンとしての我が役目。それを弟竜であるお前に肩代わりさせてしまい心苦しい」

あれ、なんか意外と好意的。

お父さんをボコボコにされたのに。

「ご主人様、観察が甘いぞ」

ヴィールから叱るように言われた。

「兄上と父上は仲違(なかたが)いしていると流れで説明しただろう。それなのになんで兄上が父上の敵討ちするる?」

しかも人格的にアレキサンダーさんの方がダンチで上っぽいしなあ。

つまり打倒ガイザードラゴンは、正義にして益なることだったのか。

「父は、不仲のわたしに対抗するため他の竜から力を奪おうとまでしていたからなあ。誓約の呪いをかけるために後継者選びの試練をでっちあげるなどと姑息な手段まで使って……」

「仰る通りです！　おれは父の非道を看過できず、仲間と共に抗ったのです！」

聞けばアードヘッグさんも一度は試練の不合格を言い渡され、誓約によって力を奪われそうになったという。

力を喪失したドラゴンは知恵を失い、レッサードラゴンという獣のような存在へと成り果ててしまう。

アードヘッグさんを大事な仲間とみなしていたアロワナ王子たちは「そうはさせるか！」と抵抗し、その流れで打倒ガイザードラゴンを果たしてしまったと……。

「友情って凄いなあ……」

さすが努力勝利と合わせて三本柱にされるだけはある。

「ですが、我らの所業が父殺しの大罪であるというなら抗弁はいたしません。新たなるドラゴンの首魁となるべきアレキサンダー兄上が裁かれるというなら、おれはそれに従うのみ」

潔い!?

「わたしは、そんな偉そうな役目に納まるつもりはないのだ。我が望みはニンゲンの輝かしき可能性を見守ること。ドラゴンの権力争いとは一線を引いておきたいのだよ」

「しかし兄上……」

ヴィールが口を挟む。

「父上がいなくなったからには、誰かが新しいガイザードラゴンになることは必然の流れだと思うぞ？　その第一候補は、元々正統後継者である兄上じゃないか？」

もしアレキサンダーさんが新しいガイザードラゴンに即位しなければ、それこそ残ったドラゴンたちで後継者争いが勃発することになろう。

今度は調停役なしで、ルール無用の仁義なき戦いになるに違いない。

しかもそれを最強種ドラゴンたちが行えば、その戦いは当事者の中だけで収まるわけがなく……。

きっと人類への巻き添えも酷(ひど)いことになるだろうなあ。

戦いの余波で街や村が壊滅しましたとか、普通にありえるかも。

「そうなったら困るなあ。ニンゲンの営みは、わたしにとっても大事なことだ」

「兄上って人格者？」

「何かいい考えは……。お、そうだ！」

アレキサンダーさんの頭上で豆電球が光った幻覚。

「アードヘッグ」

「はい？」

「お前が次のガイザードラゴンになりなさい」

「はいッ!?」

唐突な無茶振りが始まった。

「今生ガイザードラゴンであった父上を倒したお前こそが後継者に相応しい。お前は、みずからの実力で皇帝竜の座を勝ち取った。それでいいではないか」

厄介ごとを押し付けたいという意図がありありと感じられた。

「ちょっと待っておくんなまし兄上!!」

あまりに突飛な提案だったからか、アードヘッグさんの口調が動揺でおかしくなっている。

「おおお！　おれがガイザードラゴンなど身に余りすぎます!!　やはり階級的にも実力的にも兄上こそ相応(ふさわ)しいかと」

「弟よ。わたしは面倒くさいのが大嫌いなのだ」

皇太子竜さんの明君イメージが即座にしぼんでいく。

「わたしは自分のダンジョン管理だけに集中したいし、ダンジョンに入ってくるニンゲンたちの健闘ぶりだけに興味を向けたいのだ。ガイザードラゴンなどになって、他のドラゴンどもの争いを治めたりする暇などないのだ」

「そう言われましても！　おれごときでは、すべてのドラゴンを服従させる自信などとてもありません！　あくまで父上を倒したのは仲間の協力があったからで、俺より強いドラゴンなど兄上始めたくさんおります!!」

ドラゴンって、思ったより謙虚で殊勝なんだな。

この二人が特殊なだけか？

「……！　そうだ！　この際ヴィール姉上にガイザードラゴンをお任せしてはどうでしょう!?」

ここで流れ弾がヴィールに。

「ヴィール姉上の実力は、全ドラゴンの中でも十指に入りますし少なくともおれよりは強いです！　この際ヴィール姉上にお任せした方が八方丸く収まるのでは!?」

ヴィールってそんなに強かったの？

初めて会った時から先生相手に攻めあぐねていたし、あんまり強いイメージじゃなかったんだがなあ。

もちろんドラゴンである時点で最強クラスなんだけど、ドラゴンの中ではそんなに強い方じゃないと思っていた。

それだけ先生が強いってことか？

さて、急に話を振られてヴィールは……。

「嫌だ」

「姉上えええええッ!?」

毅然と拒否した。

「いいのかヴィール？　お前ガイザードラゴンになりたかったんじゃないの？」

だからこそ先生のところから聖剣奪おうとしてたんだろ。

今や遠い昔の話のようで懐かしさがこみあげてくるが。

「甘いなご主人様。すべての生きとし生ける者は時と共に移り変わるのだ。それはドラゴンとて同じ。……おれもまた、時が移り望みも変わったのだ!!」

ヴィールが今望むこととは？

「ジュニアを守護すること!!」

「おいおい」

「一生だ！　一生懸けてジュニアはおれが守り通す！　ジュニアに危害を加えようとするやつは神であろうと滅ぼす!!　あんなに可愛いジュニアを守ることこそ我が喜び!!」

………。

ウチの息子が皇帝竜の地位に勝った。

ヴィールには時期を見て子離れしてもらうとして、現状はこのままでいいだろう。

「というわけでアードヘッグ、やっぱりお前がガイザードラゴンになるのだ」

「えええ——ッ!?」

姉からも諭され、孤立無援のアードヘッグさん。

「先代である父上を倒したのはお前。これ以上に明快な条件付けはないのだ。諦めて皇帝になるのだー」

王者とはなりたくてなるのではなく、いやいや押し立てられるもの。

その好例を、目撃した気がした。

「いやいや待ってください……！　やはり、おれ程度の実力では荷が重すぎるというか……!?」

「お前ならできる」

「できませんて。アレキサンダー兄上か、せめてヴィール姉上ぐらいの実力がなければ……!?」

「お前ならできる」

「お前ならできるって」

「ヴィール姉上まで!?　いやしかし……!?」

「お前ならできる」

「お前ならできる」

「でもその……!?」

「お前ならできる」

「お前ならできるって言ってるだろ、しつこいぞ」

「はい……!」

酷(ひど)い畳みかけを見た。

こうして新生ガイザードラゴンは、アードヘッグさんが務めることに決まった。

「まあ、即位の通達にはわたしも加わるから。わたしがバックにいるとわかれば、そうそう無茶をしてくる者もいまい」

「だったら最初から兄上がやれば……!?」

「誰がやるかが問題なんじゃない。お前がやることが大事なんだぞ」

これで話はひとまず済んで、一件落着となった。

あとは新ガイザードラゴンとなったアードヘッグさんが、ドラゴンを統括して世を平和にしてくれたら何よりだ。

具体的なことは、後々行っていくとして……。

「では、アードヘッグさんの就任祝いも兼ねて、ウチでお食事でもどうでしょう？」

いつまでも外で立ち話も何だし。

俺も単なる傍観者としてしかいる意味なかったので、そろそろ存在感を誇示したい。

「いやニンゲンよ。こちらから押しかけておいて既に迷惑をかけておるのに、これ以上邪魔することは……!?」

アレキサンダーさんがドラゴンらしからぬ遠慮ぶりを見せていて、ますます好印象。

「そう言わずに、どうか持て成しを受けてください」

「ではお言葉に甘えて……!?　そういえばヴィールよ。お前、このニンゲンの下で暮らしておるのか？　また随分思い切ったことをしているな？」

一緒に母屋に向かいながらアレキサンダーさんヴィールに尋ねる。

「ドラゴン屈指のニンゲン贔屓(びいき)を自負するわたしですら、そこまで融和していないというのに」

「ふっふっふ……！　それは、ご主人様が凄(すご)いからだ。兄上もすぐさま実感することであろう！」

ヴィール、無駄にハードルを上げないで。

ここは一つ、腕によりをかけてご馳走(ちそう)を作らなければならないようだった。

アードヘッグさんの就任祝いも兼ねて。

＊　＊　＊

昼食にはやや遅い時間帯ではあったが、昨夜のうちに仕込んでおいた豚の角煮をお出しすることにした。

正確には角イノシシの肉の角煮だけど。

一緒に茹でたヨッシャモの卵も煮込んで、すっかり煮汁が染み込む。

醸造蔵から糠漬けを貰ってきて、おにぎり味噌汁を添えて、急拵えとしてはこんなものか。

最強ドラゴンであるアレキサンダーさんは、見慣れぬはずの料理を物怖じなく口に入れて。

「……美味い」

たとえばグルメ漫画でもそれなりにランクの高いキャラが取るようなリアクションをした。

「いや、わたしも時にニンゲンたちから献上品を貰うのだが、このような美味は知らない！　これは、モンスター肉でも五大妙味の一つとされるスクエアボアの肉！　それを食べやすいように熱してある……！」

なんか本当にグルメ漫画っぽく分析しだした。

「直接火を通したのではないな……？　これは、熱した水で温めたのだ！　しかもただの水ではなく、何かしら混ぜてある水だろう。混ぜて味をつけてある。それが肉の中に染み込んでいるのだ」

御名答を言い当てる最強ドラゴン。

凄いなあ。

『煮る』とか『調味料』という概念を知らないから、そういった語彙が出ず回りくどい口調になっているが、だからこそ凄い。

自分の知らない調理法をズバリ言い当てているのだから。

「そうだそうだ！　おれのご主人様は凄いのだ！　アレキサンダー兄上も感服しただろう!!」

何故かヴィールが我がことのように自慢していた。

そしてヴィールよ。お前はウチで日々食ってるんだから遠慮しなさい。アレキサンダーさんやアードヘッグさんの二倍食うんじゃない。

「このような食べ物を作り出すもの。尋常ではあるまい……。そういえば!?」

何か気づきました。

「いつだったか人族と魔族の戦争に割って入ったドラゴンがいるという話を聞いたが、あれはお前ではなかったかヴィール!?」

「おう、兄上知ってたのか？」

「相変わらず竜の世事には疎いのに、ニンゲン世界の情報収集には余念がありませんな兄上」

懐かしい。

そんなこともあった。

ヴィールがドラゴンの姿で戦場に殴り込み『おれは聖者のしもべだ、ご主人様にちょっかい出すヤツは焼き尽くすぞ』って言った事件だよな。

「……ということは、このニンゲンこそ聖者!?」

「察しがいいなあ、このドラゴン」

「まさかこんなところでお目にかかれるとは……。今、人間国ではアナタのことが噂になっておりますぞ。聖者という万能者が住む農場があると！」

「そんな、大袈裟な……！」

「まさかここが!?」

本当に察しがいいなあアレキサンダーさん。

そしてあまりにリアクションがいいので、こっちもおだてられてるみたいで嬉しくなってきた。

相手が最強ドラゴンってこともあるんだろうが……。

「あの、もしよければ見学していきます？」

グラウグリンツドラゴンのアレキサンダー。

真・最強のドラゴンである。

グラウグリンツドラゴンとは別名、皇太子竜と呼ばれるらしく、要は次期竜皇の最有力候補ということだ。

単純な魔力腕力では、時に若い皇太子竜が老いた皇帝竜を上回ることすらあり、当代のアレキサンダーさんと、父竜ガイザードドラゴンとの関係がまさにそんな感じだった。

そんなアレキサンダーさんはしかし、他の竜にはない変わった趣向を持っていた。

人間というか、人類のことが大好きらしい。

この世界には人族、魔族、人魚族など様々な種族がいるため人間という言葉を使うのは難しいが。

アレキサンダーさんは、その全部をひっくるめて慈しんでおられる。

自分の支配するダンジョンに人々が入り、採取や狩りをすることを許しておられるのだそうだ。

そんなアレキサンダーさんが主となっているダンジョンは『聖なる白乙女の山』と呼ばれ、旧人間国最優良のダンジョンとして名を馳せている。

人間国に住む人族たちは、アレキサンダーさんを神のごとく崇め、恐れながら敬愛しているという。

……という情報を提供してきたのは、我が農場へ留学中の旧人間国出身、リテセウスくん。

「はあ、そんなに凄いドラゴンなんだねえ……」

「まさか超竜アレキサンダー様の御姿を生で見ることになるなんて……!?　やっぱりこの土地はすごごご……!?」

リテセウスくんが打ち震えている。

それくらい、アレキサンダーさんというドラゴンが物凄いということなんだろう。

「アレキサンダー兄上ばかり持てはやされて納得いかないぞ。この土地土着のおれだって同じぐらい崇拝されてもいいんじゃないか？」

最強ドラゴンに恥じぬ人気ぶりを見せつけられてウチのヴィールが嫉妬。

彼女が尊敬されないのは彼女自身の日頃の行いも絡んでいることを自覚いただきたい。

「……。……そういえば兄上も、自分のダンジョンを持っているんだっけ？」

「それはまあな、ニンゲンたちが人間国と呼んでいた区画にある。『聖なる白乙女の山』などと呼ばれてニンゲンたちもよく訪れてくれるのだ」

……リテセウスくん、解説を。

「そりゃそうですよ！　主がいるのに自由に出入りできるダンジョンなんてアレキサンダー様が支配しているダンジョンだけですから。他だと踏み入っただけで主が襲ってくることもありますし！」

そういうところは完全に主の度量が出てくるな。

そう言えばヴィールと初めて出会った時も、アイツのダンジョンで勝手に狩りをしたのがバレて、怒鳴り込んできたんだっけ。

「アレキサンダー様は、ご自分のダンジョンをしっかり管理しているので優良な素材やモンスターが安定して出てくるんですって。主自身が冒険者の侵入を歓迎してくださるからリスクもないし、それこそ誰もが認める最優良ダンジョンですよ!!」

主みずから襲ってくることこそ主ありダンジョンの最恐リスク。

ダンジョンの主と言ったらドラゴンかノーライフキングだからね。

「兄上、実はおれも近くにダンジョンを持っててな。もしよければ見に来てくれないか?」

ヴィールが対抗意識を燃やしておる!?

「そうだな、せっかく訪れたのだし拝見させてもらおう。実はわたしは、余所のダンジョンを見学するのが趣味なのだ」

「そんなご趣味が!?」

「見習うべきところがあれば取り入れて、我がダンジョンをよりよくしたいのだ。ニンゲンたちが勇んで攻略しに来るようにな」

何て研究熱心な!

「よし! ならば兄上を我がダンジョンにご招待しよう!! 我が領域にちりばめられた工夫の数々をとくと堪能するがいい!!」

そうして俺たちは、お客人アレキサンダーさんと共にヴィールの山ダンジョンへ行くことになった。

そんな兄と姉の背中を見詰めながら、アードヘッグさんが溜め息。

「羨ましい……！　兄上も姉上も自分のダンジョンを持っていて……！」

「というとアードヘッグさんは持ってないいんですか？」

「ドラゴンの中でも相応の実力者だけだ。ダンジョンの主になれるのは。自分のダンジョンすら持たない、このおれが、いきなりガイザードラゴンなんて……!?」

彼はまだ先刻の大抜擢から、衝撃の余韻覚めやらないらしい。

そんな弟竜へヴィールが一言。

「何言ってんだ？　お前がガイザードラゴンになれば、そのまま龍帝城がお前のダンジョンだろう？」

「そういえばそうだ!?」

無宿人から一躍、城持ちに。

ランクアップぶりが実感できた。

＊　＊　＊

そして到着。

「見たか兄上！　ここがおれのダンジョンだ!!」

ヴィールの山ダンジョンには、モンスター狩猟のために俺や農場の仲間たちもよく訪れる。

ついでとばかりにオークボやゴブ吉たちも同行して、いそいそ狩りの用意をしている。

「我がダンジョンは、大きく春夏秋冬の四エリアに分かれて、特色豊かに色分けされているのだ！　各層ごとにまったく違う色合いを楽しめるぞ」

ヴィール超自慢げに言う。

「ほう……、ダンジョンに目で見て楽しむ娯楽性を取り入れるとは。意外だな。我がダンジョンにも取り入れたい」

「そうだろう、そうだろう！　兄上も真似(まね)してくれていいんだぞ!!」

「ん？」

ヴィールが得意げになってるのを余所に、アレキサンダーさんの興味が別の方へ。

「……おいヴィール、あれは何だ？」

と指さされたのは、規則正しく並ぶ木々。

山ダンジョンは自然の山並みを依り代(よりしろ)にした異空間なので、内部に普通に木が生い茂っている。

ただ基本的には自然のものなため、木の並び方や種類も不規則だ。

それなのにアレキサンダーさんが見かけた樹園は、まったく同じ種類の樹群が決められたように並んでいるために目を引いたのだろう。

「あれはダンジョン果樹園ですよ」

「ダンジョン果樹園!?」

俺がヴィールの代わりに答える。

一応俺が果樹園の発案者兼管理者だしな。

「ダンジョン内の気候が一定なのを利用して、果樹を育てているんですよ。この木が実らせる果物は美味しいんです。食べてみます？」

「お、おお……」

手近なところでちょうどよさそうに熟している果実を見繕って、もぐ。

表面をよく拭いて、差し出す。

少し野趣が過ぎるかもしれないが、相手はドラゴンだ。仮にパイナップルをそのまま差し出してもぼりぼり丸齧りできるだろうし問題なかろう。

ちなみに果実は秋エリアの梨だった。

アレキサンダーさんは、梨にそのままかぶりついて……。

「……ッ!?」

目を見開いた。

「これは……ッ!?　こんな果実がこの世界にあろうとは……ッ!?　魔法で生み出した作物か!?」

「いやいや、単に俺の故郷で生ってる実ですよ」

その故郷が異世界であることは話がややこしくなりそうなので知らせなかった。

「なんと素晴らしい……!!　ダンジョンを、ただ素材が湧き出す場所とするに留めず、みずから栽培するとは……ッ!?」

「はっはっは、驚いたか兄上!!」

ヴィールが自慢げに言う。

「こうしておれのダンジョンは、おれとご主人様の共同作業によって唯一無二の農業ダンジョンとなっているのだ！　さすがに兄上のダンジョンも中に果樹園があったりはしまい‼」

まるで自分の功績みたいに言っているけれど、果樹植えて育て上げたのは俺やオークボたちだからな？

「まあ果樹の管理は大変だけど、最近は樹霊が憑いてくれて管理も一任できるようになったし……」

噂していたら、色んな果樹の樹霊たちが俺の存在に気づいて集まってきた。

御機嫌伺いであろう。

カカオの樹霊カカ王を始め、柿の樹霊カキエモンやリンゴの樹霊リンゴォ。ミカンの樹霊アルミカン。レモンの樹霊ママレモン。ブドウの樹霊ストロング・ザ・ブドウ。バナナの樹霊ソンナバナナなど。

気づけば随分樹霊たちも多種多様になっていた。

『聖者様！』

『聖者様御機嫌麗しく！』

『今日は私のところの実がとてもよく熟しています！　是非聖者様に収穫いただきたく‼』

そして何故か皆俺のところに寄ってくる。

本来のダンジョン主であるヴィールには目もくれず。

「こらー！　お前ら、このダンジョンの主はおれだぞーッ!?」

ジュニアの世話にかまけて、またダンジョン再征服作業が滞っていたからなあ。

兄竜に自慢してやろうという流れが結局格好つかない締めになってしまった。

しかし、当の訪問者アレキサンダーさんは、ヴィールの一人相撲もかまう様子がなく。

「ニンゲン……、いや聖者よ」

「はい？」

「頼みがあるのだが、我がダンジョンの改装を手伝ってはくれまいか？」

オレの名はシャベ！

人間国の冒険者だぜ！　ウェーイ!!

今はまだまだ三下だけど、いつかは大成果を上げてトップランク冒険者になってやるぜ!!

そのためにもオレは探す！

聖者の農場を！

今、冒険者ギルドでもっともホットな話題、誰もまだ見つけていない謎の理想郷を見つけ出せば、
その功績は大！　特大！

ドラゴンを倒したとかをさらに上回るだろう！

富も、名誉も、夢も、そこに眠っている！

聖者の農場へ、レッツゴー!!

＊　＊　＊

そんなわけで今日オレは……。

人間国で間違いなく最高ダンジョンだと言われる『聖なる白乙女の山』に来ておりまする。

『そこと聖者の農場と何か関係があるの？』と聞くヤツがいるかもしれない。

……。

……特にないです。

仕方ないだろッ！　聖者の農場はそう簡単に見つかるものじゃないんだよッ！

探し始めてもうかれこれ一年近く経つが、手掛かりの一個も出てこない。

だから今日は気分を変えて、旅の途中たまたま近くを通りかかった最高ダンジョンに、せっかくだから寄っていこうというわけだ。

『聖なる白乙女の山』は、その名が示す通り山タイプのダンジョン。

そして山ダンジョンには大抵ドラゴンがダンジョン主に付く。

この山にもダンジョン主たるドラゴンが君臨していて、グラウグリンツドラゴンのアレキサンダー様というのだそうだ。

そのアレキサンダー様っていうのが変わったドラゴンで人類好き。

だから自分のダンジョンを人族のために開放し、自由に出入りしていいシステムになっている。

普通主ありダンジョンなんて、入るなら上級冒険者が死を覚悟しないといけないレベルなのに、安全が保障されるっていうんで大盛況。

しかも主ありダンジョンは、主が管理しているからレアな素材やモンスターの出現率も高い。リスクに見合った報酬も期待できるダンジョンなのだ。

そのダンジョン主が冒険者を歓迎して安全を保障してくれるっていうんだから、つまりローリスクハイリターン。

そりゃ優良だわってんで、冒険者ギルドから付けられるダンジョン等級……、普通星一つから星五つまでの評価基準なのだが……、規定越えの星六つを付けられた最優良ダンジョン。

それがここ『聖なる白乙女の山』なのだ!!

冒険者なら誰もが行きたがる、この最高ダンジョンに、オレもついに足を踏み入れる!

一流冒険者の第一歩を踏む気分がするぜ！　いざ行かん!!

『聖なる白乙女の山』は麓に受付用の冒険者ギルド支部があって、そこでダンジョンに入る許可を貰(もら)わなければならない。

さらに周囲には、ダンジョンに入る冒険者のための宿泊所や、準備を整えるための各種売店。

憩いとしての酒場や、果てに賭場や劇場まで。

もはや一個の街と言っていいぐらいの規模だった。

さすが人間国一のダンジョンだなあ……、と圧倒されながらギルドに入る。

ダンジョンへの立ち入りは冒険者ギルドによって厳しく制限され、基本的にギルドから認められた冒険者しか入所不可。

オレもまず地元で貰った冒険者免許を見せて、ギルド加入者であることを証明。

続いてダンジョン入山申請書を書いて、それとは別にダンジョン内で何かあったとしてもオレ個人の責任でギルドに訴えたりしませんよという誓約書を書く。

加えて憲兵所から貰ってきた『ここ数年犯罪に関わっていません』という証明書を添えて、ダンジョン獲得物の利分け表にしっかり目を通しましたよというサイン。

さらに簡単なアンケートにも答えて、ダンジョン挑戦中宿泊や装備についてギルドからの支援を受けるかという判断を……。

……ッ。

……めんどうくせえッ！！！！！！！！

なんでギルドのダンジョン入所手続きってこんなに面倒くさいのッ!?

いや、やんないとダンジョンに入れないからやるけどさあ!!

もうちょっと簡易的になりませんかね!?

人間国滅びて魔国に支配されたんだから、これを機に改革をッ!?

＊　　＊　　＊

などとごねつつ手続きをやっと終わらせたオレは、ついに入ることができる。

人間国最高のダンジョン『聖なる白乙女の山』へ。

何気に楽しみだよ？

だって人間国で間違いなく最高のダンジョンだなんて言われてるからさあ？

オレの地元にあった一つ星のしょっぼい洞窟ダンジョンとは比べ物にならないんだろうなあ。

規模もクオリティも。

出てくるモンスターも強力で、手に汗握る死闘を繰り広げればきっとレベルもズンドコ上がるに違いない。

レア素材もたくさん入手できて報酬もガッポガッポなんだろうなあ。

夢が広がるぜ最高ダンジョン！

いずれオレが到達する聖者の農場も、きっとこんな素晴らしい感じなのかなあ、とイメージ演習しながら攻略していこう。

そうして夢膨らませてダンジョン入り口まで来てみたら……！

……ん？

なんかダンジョンの入り口に柵がしてある？

そして柵の前に立札があって、こんなことが書かれていた。

――『ダンジョン「聖なる白乙女の山」はただ今改装工事中で、立ち入りが禁止されております』

なーんーだーとおおおおおお――――ッ!?

なんで!?

何この観光地あるあるッ!?

わざわざ遠くから足を運んできたのに、やっと現地に到着したと思ったら『入れません』て!?

『入れません』って!?

なんでもっと大々的に周知してくれなかったんだよ!?

そうしたら、ここに寄ろうかな？って発想する前に気づけたじゃない!!

……え？

してた？

旧人間国各所にある冒険者ギルド支部に告知してある？

オレがそれに気づかなかっただけか。

それもよくある。

しかしそれでも入れないなら、あんな七面倒くさい手続きもしなくてよかったでしょう？

ってな感じに諦め悪くブー垂れていると……。

「手続きを取っておくと次来た時に省略できますから、やっておいて損はないですよー」

と受付嬢さんからやんわり言われた。

それでも気が済まないので受付嬢さんをナンパしてみたがすげなく断られた。

……ちっくしょー。

大体ダンジョンが改装って……、何をどう改装するんだよ？

ダンジョンって自然にできたものじゃないの？

自然にできたものを改装とかできるの？

……できるんだろうなあ。

だってドラゴンが主なんだから。

せめて改装って何やってるんだろうなあ？ってたしかめるために中を覗(のぞ)こうかと思ったが、バレたりしたらダンジョン出禁になって最悪冒険者の資格はく奪されるかもだから諦めて大人しく去った。

それでも、まったく何もなしで帰るのも癪なので、宿場町の賭場でメチャクチャ博打してスッて帰った。

＊　＊　＊

そんなことがあって数週間後。

相変わらず聖者の農場を探し求めているオレに噂が聞こえてきた。

あの『聖なる白乙女の山』ダンジョンの噂だ。

「オイ聞いたか？　アレキサンダー様のダンジョンが装い新たにリニューアルオープンしたって!?」

と冒険者仲間から聞かされる。

おう、ということはダンジョンの改装完了したのか？

「すげぇらしいぜ！　なんとダンジョンの中に果樹園ができたらしいんだよ!!」

果樹園？

っていうと、果物作ってる、あの？

「そう、それだけでも驚きなのに、そこに生ってる実が、余所にはない貴重な果物らしいんだ!!

味もサイコー！　その果物をメインターゲットにベテラン冒険者が突入するほどだって!!」

興奮気味に語る冒険者仲間。

……そうか。

改装によって、そんな新名物ができたのか。

現状に満足せず、改良改革を加えてよりよい発展を目指す。

オレも見習わなきゃな！

しかもあとから聞いたら、最高ダンジョンの改装終了してリニューアルオープンしたの、オレが去った翌日だった。

何なのこの間の悪さッ!?

くっそう！　この苦境から逆転するためにも！

絶対聖者の農場を見つけてやるんだから！

そんな感じでアレキサンダーさんのダンジョンを改築してきました。

俺です。

向こうはさすが最強ドラゴンのダンジョンというだけあって、大きく立派。

訪ねた俺たちは圧倒された。

ダンジョンというよりは宮殿に招待されたような感じで、改装の作業する俺たちも緊張し通しだった。

おかげでヴィールのダンジョンにあるような果樹園をアレキサンダーさんのダンジョンにも植林できて、ダンジョン果樹園出張版が完成。

有名観光地でもあるアレキサンダーさんダンジョンの新たな名所となってくれたら腕を振るった甲斐があったというものだ。

そんな感じでアレキサンダーさんとすっかり仲良くなり、打ち解けて数日。

その数日で別の準備も進んでいた。

アードヘッグさんが正式にガイザードラゴンとなる。

そのことを正式に示す戴冠式の準備が着々と進んでいた。

＊　＊　＊

そして完了した。

今日ついに、アードヘッグさんが正式な新ガイザードラゴンに就任する。

戴冠式である。

「うひぃいいいん……！　どうしてもおれじゃないといけないのか……？」

アードヘッグさんが、いまだに現実を受け止めきれずにいた。

ガイザードラゴンとは皇帝竜。

すべてのドラゴンの王。

ドラゴン社会では、この座を巡って激しい後継者争いが勃発していたとか。

そんな中、元々のガイザードラゴンが、あるドラゴンとその仲間たちによって倒された。

それがアードヘッグさん。

だからこそ新たなガイザードラゴンに相応(ふさわ)しいと皆から押し付けられている。

皆で奪い合うはずだったものが今、押し付けられ合っているという不思議。

「おれには荷が重すぎますよ……！　やはりアレキサンダー兄上かヴィール姉上の方が……!?」

「その話はもう済んだだろうが、皇帝たる竜が未練がましくするな」

姉に説教される新皇帝竜。

農場には、今日の主役アードヘッグさんに、お馴染(なじ)みヴィールと、真最強ドラゴンたるアレキサ

ンダーさんがいる。

皆TPOを弁えて人間形態だった。

新ガイザードラゴンの戴冠式はここ農場で行われる。

「……あのー？」

俺はおずおずと尋ねる。

「あの何故、ガイザードラゴンの戴冠式をウチの農場でやるんでしょう？」

いや別に迷惑とか言うわけではないが、栄えある竜の王を選出する式典には、もっと相応しい舞台があるんじゃないか、って気がするんですが？

一応こちらも準備に協力させていただきましたが、所詮農場なんでホームパーティみたいな様式になっちゃったし。

「それはな……!? アードヘッグを祝う方々が来やすいようにだ」

最強竜アレキサンダーさんが答える。

年配者の滋味を醸し出すように。

「祝う……人……？」

疑問はすぐに解けた。

「アードヘッグ殿！　皇帝竜就任おめでとう！」

アロワナ王子が人魚国から泳いできた。

かつて修行の旅で一緒になった仲間が、ここで再会!?

「聞きましたぞ！　皇帝竜とはよくぞ出世なされた！　共に修行の旅した仲間として誇らしく思いますぞ!!」

「アロワナ殿……!?　おれを祝うためにわざわざ……!?」

互いの手が固く握り合わされ、ブンブン上下する。

アロワナ王子だけではない。

パッファ、ハッカイ、ソンゴクフォンなど旅の仲間が集結、仲間の出世栄達を祝うために。

大半のメンバーは元々農場に住み込みということは、この際見逃して。

「皆……！　皆ありがとう……！　ガイザードラゴンなんて重荷すぎて正直なりたくないなーって気持ちなんだけど。皆から祝ってもらうのは心から嬉しい……！」

どさくさに紛れて情けない気持ちをぶっちゃけた。

「しかし……！　皆にこれだけ応援されたなら逃げるわけにはいかぬ！　全力でガイザードラゴンを務めよう！」

「その意気だアードヘッグ殿！」

「アロワナ殿とて人魚王となるために日々精進しているのだ！　友であるおれも竜の王となってアロワナ殿と同じ高みに並ぼう!!」

「おおーッ!!」

人魚の王と竜の王って同じ線上に並ぶのかな？

まあいいや。

当人が納得してくだされば。

「うむ……！　仲間内から持ち上げてもらう作戦は上手く進行したようだな」

傍から眺めてアレキサンダーさんが満足げに頷いた。

もしやこれ……、当人に腹を決めさせるためにアレキサンダーさんが企てた策略？

この最強竜は策も弄する？

アードヘッグさんも土壇場ながら決意を固め、いよいよ新生ガイザードラゴン就任を阻む障害は何もない。

「それではいよいよ戴冠式を始めよう。アードヘッグこそが次なる竜の王だと示すために」

そのアードヘッグさんより数十段強い竜の皇太子が言った。

新たな王が正式に決まるけど、それより強いのが他にいる。

この捩じれた状況は、竜の世界にどんな変容をもたらすのだろう？

いや、元からそういう状況だったといえばそうなのだが。アードヘッグさんが倒した前のガイザードラゴン自体、もう既にアレキサンダーさんには敵わなかったらしいし。

「でもさ……、ふと思ったんだけど」

ウチのヴィールが言う。

彼女もガイザードラゴンへの興味はとっくの昔に失せていた。

「どうやれば正式にガイザードラゴンになれるんだ？」

………………。

俺はもちろん、アードヘッグさんもアレキサンダーさんですら首を傾げた。

「単に名乗った者勝ちでは……？」

「それだったらあんな大仰な後継者争いをやる必要もないだろ？　新たなガイザードラゴンになるためには、何か特別な何かが必要なんじゃないか？」

ヴィールのくせに真っ当な意見を出しやがる。

たしかにそうかもしれない。

新しいガイザードラゴンになるために必要な何かがある。

それが何かを知る者は、ここに居合わせる者の中にはいない。

もう戴冠式当日だってのにヤバくない？

何故この疑問を今この時になるまで放置しておいた？

「いやもう正統性とかどうでもいいから勝手に名乗っておけば……？」

「えー？　何かそういうの気持ち悪いぞー？」

意外と几帳面なヴィールだった。

ではどうするの？

ちゃんとした方法が発見されるまで戴冠式延期？

そんな考えすら浮かんでいると。

「ククククク、お困りのようだな？」

「誰だッ!?」

戴冠式の場に、見知らぬ何者かが現れた。

子どもだった。

十歳前後ぐらいの幼い、初めて見る背格好の子どもだった。

「子ども？　何故ここに……？」

我が農場は、これでもちっとやそっとではたどり着けない秘境の奥にある。

そこへたどり着くのは生半可なことではない。

まかり間違っても幼い子どもが迷い込むような場所ではない、ここは！

「一体何者だ……？」

和やかな戴冠式のムードが一気に緊張に包まれた。

我が農場へ自力でやってくること自体がただ者でないことの証。

そのただ者でないのが子どもの外見をしているので不気味さは倍増だ。

「ククク わからぬか？　無理もあるまい、ニンゲン風情の粗末な感覚器では、偉大なるおれの本質を見透かすことはできまいからな」

「まさかアナタは……!?」

「父上!?」

アレキサンダーさんとヴィールが一斉に警戒感をあらわにする。

現れた、その子どもの正体は……!?

「そうだ、さすがにお前らはおれの正体に気づいたようだな、我が子らよ」

子どもは言った。

「おれこそが真なる竜の王、皇帝竜、ガイザードラゴンのアル・ゴールだ……!!」

「ガイザードラゴンだって……ッ!?」

それはすべての竜を支配する竜。

最高位の竜の称号。

その称号を名乗る竜は、本来一体だけ。

しかしその竜が倒されたことによりアードヘッグさんが新たなガイザードラゴンになろうという話になっていたのだ。

そこに現れた、やはりガイザードラゴンを名乗るこの子どもは……!?

「父上、生きておられたのか?」

アレキサンダーさんが言った。

「アードヘッグに倒されたと聞いておりましたが。アナタの波動もまったく感じなかったので、てっきり消滅したものとばかり……!?」

「浅はかな息子よ」

子どもが侮蔑の表情を浮かべる。

「竜の王たるおれが簡単に消え去るわけがなかろう。この通り健在でおるわ」

「でも簡単に負けはしたんだよな?」

「ぐんうッ!?」

ヴィールからの指摘に子ども、派手に表情を歪めた。

「煩い！　大体コイツらがズルいのだ！　天使などという神話時代の遺物やら持ち出したり！　人魚どもは海神の加護を使ったりするし!!」

見苦しい言い訳を並び立てる。

では、まさかやっぱり……!?

この子どもは、アロワナ王子一行によって倒された竜の皇帝ガイザードラゴン？

ヴィールやアードヘッグさん、それにアレキサンダーさんの父親。

「うむ、おれがガイザードラゴンのアル・ゴールである」

と子どもは再び名乗った。

ガイザードラゴンは称号というか肩書きみたいなもので、アル・ゴールが個人名ということか。

「たしかにおれは、そこにいるアードヘッグとその仲間たちによる卑劣な袋叩きによって、あと一歩というところで敗れた……！」

「負け惜しみひってでえ」

ヴィール……！

言ってやるなや……！

「我が身は一度砕け散って消滅した。体を再構成して復活するのにずいぶん時間がかかってしまった……！」

「それでも復活できる辺り、さすが父上と言うべきですが……」

しかも時間がかかったと言っておきながら、勝負から一年も経っていない。

皇帝竜の力はさすがと言うべきか。

「しかし父上、敗北したことによって力の大半を失っているのではありませんか？　今のアナタは、竜とはとても呼べないほどに弱っている」

「チッ、さすが長男もう見抜いたか。……そうよ、おれはもうガイザードラゴンではない。一度でも敗北したら皇帝の称号を剝奪される。そういうシステムなのだ」

幼い子ども姿のガイザードラゴン（元？）は忌々しげに言うのだった。

「ええい！　憎たらしいアードヘッグめ！　愚かな子どもたちから力を奪い、一番目障りなアレキサンダーと同等の力を得ようとしたのに！　まさかあんな雑魚に足元を掬われるとは！」

「あの父上……、本人ここにいますんで、あまり率直な言い方は……!?」

さすがに雑魚扱いは辛いアードヘッグさんだった。

「敗北してガイザードラゴンの権能も取り上げられ、復活のために大半の竜力も使い果たした。今のおれでは、この憎き連中に復讐の牙を突き立てたくても……！」

キッ。

子どもの目がアードヘッグさんを鋭く睨む。

「ヒッ!?」

アードヘッグさんだけではない。その仲間であるアロワナ王子を始めとする一団へ。

「おれはその力を持たぬ。今ここで復讐戦を挑もうとも……、ぬぎゃーッ!!』

子ども姿のガイザードラゴンさんは、瞬時にその身を塗り替えドラゴン形態へと変容。

猛々(たけだけ)しい咆哮(ほうこう)を上げる。

『ぬぎゃー!!　おぎゃー!!　ほんぎゃあああ――――ッ!!』

ただし猛々しいのは本人が演出している雰囲気だけだった。

実際には小さくて可愛(かわい)いだけだった。

ガイザードラゴンさんのドラゴン形態は、小さくてコロコロしたぬいぐるみのようなものだった。

『見るがいい!　力を失ったこのおれは、こんな矮小(わいしょう)な姿しか発現することができないのだ!!』

もはやただの竜のぬいぐるみだった。

あまりの可愛さに農場在住の女子たちが自然と集まってくる。

「何これ可愛い?」「可愛い」「可愛い」「かぁ～わぁ～いいぃ～!!」「撫(な)でよう」「撫でる」「ふわふわぁ～」「撫で撫で」「可愛いいいいいッ!!」「今夜はこの子と一緒に寝るぅ～!!」

大人気。

それほどのチビ竜の可愛さよ。

『うぐわあああああッ!?　やめろ!　この偉大なる竜の皇帝に無礼なあああッ!!　畏れ多いぞおおッ!?　えッ?　でも一緒に寝る?』

小学校に迷い込んできた犬のようにもみくちゃにされて、何とか生還。

再び人間形態に戻る。

「み、見たか……？　敗北者たる今のおれの惨めさを……!?」

「割と好評でしたが」

あ。

もしかして、だから人間形態も子どもの姿なのか？

「パワーが足りないからやむなく子ども姿の省エネモード？」

「何を言ってるのか知らんが、ニンゲンの姿になる時は元からこれだぞ」

ええー？

「もっとも若く、溌剌とした姿を選ぶのは当然ではないか。わざわざ老い衰えた姿を選ぶアレキサンダーの方がおかしいのだ」

と言って全部の竜のお父さん、清潔な老人の姿をした長男竜を睨む。

「……ニンゲンのことがわかっておりませんな父上。若さも大切ですが、それと同じぐらい歳を積み重ねることで得る威厳も大切なのです」

「お前はニンゲン贔屓で考えがおかしくなっておるのだ。そのせいで後継者から外れたのだとまだ気づけんのか？」

皇帝竜と皇太子竜の仲がお悪いことは伺っていたが……。

でも傍から見て、睨み合う親子の子どもの方が父親で、老人の方が息子って絵面……！

紛らわしいなあ……。

「父上が弱体化し、もはや害にもならないことは理解しました。ですが、ならばなおさら理解できぬ。父上は何をしにここへ訪れたのです？」

このお父さん竜、他の竜との関係はけっして良好とは言えないようだし、来る用事と言えばケンカしに来るぐらいしか思い浮かばない。

でも弱くなってケンカもできないというのであれば、本当に何しに来たというのだ？

「ふん……」

ガイザードラゴンさん、なんだか面白くなさそうに鼻を鳴らした。

「おれに代わってアードヘッグを新たなガイザードラゴンに据える気らしいな」

「ええ、ヤツはアナタを直接打倒した。アナタに代わって王座に就く資格があると思います」

「しかしどうすればガイザードラゴンになれるかわからないのであろう？」

さっきヴィールも指摘していた問題に、当の皇帝本人が切り込む。

「父上ならばご存じと？」

「無論だ、このおれこそが本来唯一の皇帝竜ガイザードラゴンなのだから……」

言うと、子ども姿のガイザードラゴンは手を差し出す。

その手の中に玉が乗っていた。

透明な、水晶のように透き通る宝玉。その色はルビーのような赤だった。

煮えたぎる鮮血のごとき濃厚な赤。

しかも、透明の玉の奥に、何か炎のように揺らめく輝きがあった。

「これは……!?」

「『龍玉』という。これを体内に取り込むドラゴンがガイザードラゴンになれるのだ」

この赤い宝玉が、ドラゴンの王権を保証するレガリアってことか？

「数百年間、この『龍玉』は我が体内にあった。しかし出てきた。先日の敗北をきっかけにな」

アロワナ王子一行との戦いで？

「言ったろう。ガイザードラゴンに敗北は許されない。勝者の栄座から転げ落ちた負けドラゴンは、即座に『龍玉』から見捨てられるのだ」

赤い宝玉を睨むガイザードラゴンの瞳には、様々な葛藤が渦巻いていた。

「だからもう二度と『龍玉』はおれの中に戻らない。こうしてただ所持するだけだ。この『龍玉』を、次の相応しいドラゴンへと引き渡すために。それが『龍玉』に選ばれたドラゴンの最後の務めだ」

「そのために父上はここへ来たと……!?」

「そうだ。新たなガイザードラゴンとなりたければ、この『龍玉』を我が身に取り込むがいい。おれを倒したアードヘッグでもいいしアレキサンダー、お前でもいいぞ？　ヴィール、お前だって本当は野望を捨てきれないのではないか？」

息子娘たちの欲望を煽るかのように、子ども姿の皇帝竜（元）は赤い宝玉を見せびらかす。

「さあ奪い合うがいい！　この玉を手に入れた者が次のガイザードラゴンだ!!」

「いや、いりませんけど」

「当初の予定通りアードヘッグに叩き込めばいいではないか、その玉。それで万事解決だろ？」

アレキサンダーさんもヴィールも、まったく心動く様子もなかった。

それを見たガイザードラゴン（元）は少々つまらなそうに……。

「無欲な連中め。……だが、これを聞いてまだ涼しい顔でいられるかな？」

「ん？」

竜が変化した子どもに、邪悪な笑顔が浮かんだ。普通の子どもなら絶対に浮かばないような。

「『龍玉』を取り込み新たなガイザードラゴンが誕生した時、それ以外のすべてのドラゴンが消滅する。パワーを吸い取られて枯れ果てるのだ」

「すべてのドラゴンが……!?」

「消滅する……!?」

あまりにも不穏当な発言に、その場に居合わせた者の呼吸が止まる。

そのリアクションに満足してか、邪悪な表情の子どもが進んで語る。

「そもそもおのれら、ドラゴンとはいかなる存在かちゃんと知っているのか?」

「ドラゴンは地上最強の種族だ!」

ヴィールが即答したが、それに対して元ガイザードラゴンは失笑を返すのみだった。

「何故(なぜ)、地上最強の力を与えられているのか? ということだ。この世のすべての命ある者は神々が生み出した。地の生物は地の神が、海の生物は海の神が、天の生物は天の神がそれぞれな」

では、ドラゴンを生み出したのはどの神か?

天地海、どの神でもない……。

「万象母神ガイア。この世界そのものを生み出した創世神こそが我らの親よ……」

ドラゴンは、あらゆる法則に囚(とら)われない超越の存在。

その秘密の一端が垣間(かいま)見(み)えた。

「世界そのものを創造した万象母神は、のちに天神、地神、海神をそれぞれ生み出し世界の彩りを任せた。しかし神々の中には傲慢にして、地上の生ける者を虐げる者もあらわれた」

その事態を憂いた創世神は、子神の勝手を許さぬよう監視役を置いたという。

「それが我らドラゴンだ。ドラゴンは神々を監視し、行き過ぎれば掣肘を加え傲慢を正す。その役割を持って生み出された」

「そんなッ!?」

元ガイザードラゴンの物語りに、俺たち人間組だけでなく当のドラゴンたちまで驚く。

「だから神々と対抗できるだけの力を我らは許されているのだ。使命を持って生み出された我らに、勝手気ままに繁栄することは許されない」

「それがまさか……!?」

最初の話と繋がるのか。

全ドラゴンは、新たな竜の王が決まるたびに消滅するという。

「新たなガイザードラゴンが決まれば、それまで生きていたドラゴンはすべて消されて一となる。その上でガイザードラゴンが自分の複製を生み出して数を揃える。神々に対抗する軍団を作り上げるため。それがドラゴンの生態なのだ」

「何故そんなことをするんだ!?」

「与えられた使命を忘れぬようにするためだ」

生き物は、生き続ける限りその在り方が変容していく。

最初に持っていたはずの意義、宿命すら忘れて変化する、その時々の環境に対応して。

それを成長とか、進化とか呼ぶこともある。

一個人ですら一生の間で別物のように様変わりするのに、種族としての変化は時を経るほど止めようがない。

ドラゴンもただ時の経過だけに任せていけば、種族としての進化変容によって最初に与えられた使命を忘れていくことだろう。

『神を監視し、罰せよ』という使命を。

「それを忘れさせないため、定期的にリセットボタンを押す……!?」

新しいガイザードラゴンが発生するたび種を一度滅ぼし、新たにゼロからスタートし直せば、最初に与えられた使命を忘れることは絶対にない。

ドラゴンは永遠に、祖神が与えた命令の忠実な実行者でありえる。

「そう……、地上最強などと驕(おご)っても所詮ドラゴンは神の道具なのだ。その在り方からはみ出すことはできない……！」

元竜の王だった子どもは、疲れ果てた老人のような顔つきだった。

「それでもおれは運命に抗(あらが)おうとした。永遠に皇帝竜として君臨しようとした……！」

「それがあの後継者争いだったのですね……？」

長男竜たるアレキサンダーさんが問いただす。

「そうだ。お前を後継者から外したのも、『ニンゲン贔屓(びいき)を気に入らなかった』というのは口実よ。単におれが永遠に皇帝竜の座に居座りたかっただけだ」

そして不在となった後継者の椅子をエサに、自分の複製体でもある子どもたちを戦わせ、その隙を突いて力を奪い、吸収した。

「思えばあの後継者争いも、代替わりによって引き起こされる全消滅の前倒しのようなものでしかなかったな。最後に一竜だけが残る結末は変わらん……」

そう言って、元ガイザードラゴンは皮肉っぽく笑った。

「しかしその最後の一竜にはおれ自身がなるつもりだった。最終的にはアレキサンダー、お前も倒して力を奪い。若さをも取り戻して永遠の皇帝竜となるはずだったが、その野望はアードヘッグによって打ち砕かれた」

『龍玉』に見捨てられた彼はもう何もできない。

静かに滅びを受け入れるのみ……。

「だが！　ならばせめて滅びの運命を知り、無様に足掻くお前たちを嘲笑いながら消えてやるとしよう！　さあ、目の色変えて『龍玉』を奪い合え！　これを勝ち取った者だけが生き残るのだ！　最強種ドラゴンが破滅の恐怖に追われ必死にもがくのだ！　こんな愉快な催しがあるかあああああッ!!」

もはや脱落が決まった元ガイザードラゴンのアル・ゴールさんは、完全ヤケで高笑い。

その横で俺は、お馴染み先生に声を掛ける。

「先生、先生」

『はい』

戴冠式ということで先生にも参列してもらっていた。

おめでたいことは皆で祝う方がいい。

そんな先生に、これまたお馴染み召喚魔法で神を召喚してもらった。

万象母神ガイア。

すべての神の生みの親と言うべき根源神。

そんな取り分け偉い神様にお願いした。

「代替わりしても竜が滅びないようにしてくれませんか？」

『いいよー』

世界の法則が変わった。

これでドラゴンは、世代交代するたび選ばれた一体を残して全滅するという過酷な宿命から解放された。

「あれぇ――――――――ッ!?」

あまりにすんなりといった問題解決に、竜の皇帝だった方、衝撃を受ける。

「そんな!?　そんな簡単に!?　こんな簡単に生き残れるんだったらこれまでのおれの苦労は何だったの!?」

本当なんだったんでしょうね？

『竜は変わらずとも世界は変わっていくでしょう？』

召喚されたガイア神……、すべての母と言うべき女神様であったが。

用事だけ済ませて帰るのも何なのでという感じでコメントを述べる。

『あっ、その食べ物美味しそう、貰っていい？』

「どうぞどうぞ」

創造神様は、戴冠式のために用意しておいたご馳走を目敏く見つけて抓む。

抓みながら語る。

『直系のバカ息子どもを見張るためにアナタたちを生み出したわけだけど。そのアホどもも時過ぎることでけっこう賢明になっていってね。アホのゼウス以外は監視の必要もないなって思えてたのよ』

「わかります」

ここにちょくちょく遊びに来るハデス神やポセイドス神も大概いい人もとい、いい神だし。

『そろそろ問題ないでしょう。この際ドラゴンに与えた任を解くから自由に生きなさい』

「ええええええ――――ッ!?」

驚愕し動揺するのは元ガイザードラゴンだった。

他のドラゴン面子は、特に沸き返る様子もなく……。

「好きに生きろと言ってもなあ……!?」

「おれたち元から充分自由に生きてたぞ。これ以上どう自由になればいいんだ？」

「姉上はもっと縛られて生きた方がいいんでは？」

そうか。

たしかにコイツら元からとんでもなく自由だった。

『そんなものよ。そもそも神々のヤンチャなんか遥か昔に途絶えてたんだから。竜たちも自由にやってたわ。今回の変更は既に死文化していたものを本格的に削除したに過ぎないわ』

創造神様、お気楽に言う。

『自由に生きなさい竜たちよ。お前たちもまたこの世界に生きる者。好きなように振る舞い己の生きた意味を遺すがいいでしょう』

「ひゃっほーう」

ヴィール、意味もなく盛り上がるな。

「じゃあ、色々めんどくさいのも消え去ったということで、本題を進めるのだー！」

本題？

何だっけ？

「忘れたかご主人様！　今日はアードヘッグがガイザードラゴンになるための戴冠式なのだ！　これがあればいいんだろう？」

ヴィール、元ガイザードラゴンから赤い宝玉をひったくり、迷わずアードヘッグさんへ……。

「食らえぇ――――ッ!!」

ぶっつけた。

『龍玉』を握った拳が、丸ごとアードヘッグさんの鳩尾に沈む。

「ぐげえええ――――ッ!?」

そりゃ『ぐげえッ!?』って言うよね。

引き抜いたヴィールの手に『龍玉』はなく、何処に取り残されたか明らかであった。

「アードヘッグ！　ガイザードラゴン就任!!」

「「「「おおー！」」」」

周囲から惜しみない拍手が飛んだ。

『竜から必要ない使命と共に「龍玉」も消しちゃおうかと思ったけど。そうねえ、種族を束ねる長は必要でしょうねえ。残してあげるから自由に使いなさい』

創造神様は大らかに言うのだった。

こうして新たな皇帝竜が生まれ、人類だけでなくドラゴンにも新しい時代が訪れた。

……ってことでいいのか？

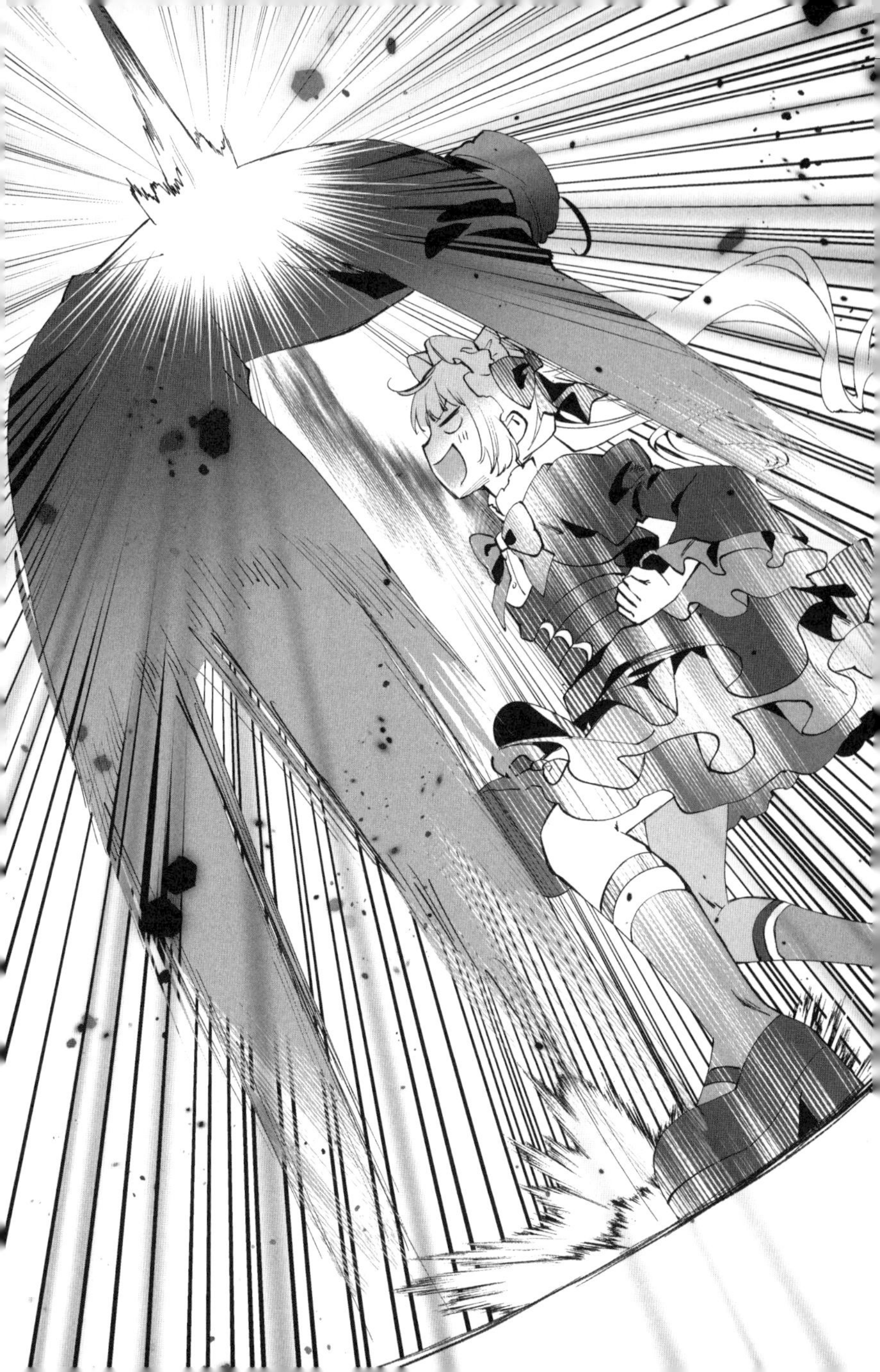

わたしの名はマリー。

グラウグリンツェルドラゴンのブラッディマリーというのよ。

親愛なるお父様ガイザードラゴンが開催せし後継者レース。

わたしはその最終勝利者の最有力候補と言われている。

それもそのはず、わたしはお父様の子どもの中で二番目に早く生まれた娘。

アレキサンダーお兄様の次に誕生したドラゴン。

それだけに実力も二番手。アレキサンダーお兄様がお父様と仲違(なかたが)いして後継者から退いた以上、継承権を持つドラゴンの中でわたしが最強と言っていい。

次のガイザードラゴンになるのは他の誰でもない、このわたしですわ。

１００％、確実にね。

わたしが根城としているダンジョン『黒寡婦連山』には、わたしに取り入ろうとする妹ドラゴンや弟ドラゴンたちが続々やってくる。

人化した彼らがひしめいて、ダンジョン最頂にある宮殿は舞踏会のような賑(にぎ)わいですわ。

誰もが皆、わたしを未来の皇帝竜と讃(たた)え媚(こ)びるの。

「姉上！　本日もお美しい!!」

弟に当たるグリンツドラゴンの一人が、阿諛追従（あゆついしょう）の笑顔を浮かべて擦り寄ってくるわ。

「後継者争いなど無駄な行為ですなあ！　どうせ勝つのはマリー姉上だと決まっていますのに！」

そう言いながら、わたしのグラスにバッカス謹製の葡萄酒（ぶどうしゅ）を注ぐ。

「姉上こそ最強ドラゴン！　次のガイザードラゴンは姉上で間違いありますまい！」

「そんなこと言って、出し抜いてやろうと隙を窺（うかが）ってるんじゃなくて？」

意地悪に指摘すると覿面（てきめん）、弟の酌の手が止まった。

「な、何をおっしゃる？　わたしはもうガイザードラゴンの座に興味はございません!!」

「本当に？」

「もちろんですとも！　今は姉上こそが新たな支配者となれるよう、全力で協力させていただくのが我が望みです！」

ウソばっかり言って。

わかっているのよ、ここに集う十体以上の竜たち。

わたしに服従し、庇護下（ひごか）に入ったのは、あくまでわたしを後ろ盾にして他の競争者より優位に立つため。

そして頃合いを見計り、充分ライバルが減ったら裏切って、上手（うま）く私を出し抜くつもりなのでしょう？

その証拠にコイツらは、いずれも正式に後継者争いを辞退していない。

辞退した者は即座にお父様から魔力と知性を抜かれてレッサードラゴンになるのだから当然とも

言えるけれど。

要するに頂点を全然諦めてはいないのよ。

でもいいの、ここにいる連中が面従腹背でいつか裏切るのだとしても。

私の方が遥かに強いんだから、たとえ隙を突かれたとしても、わたしがコイツらに殺されるなんてありえないわ。

わたしが恐れる兄弟は世界にただ一竜。

アレキサンダーお兄様のみ。

お兄様が戦線に現れない以上わたしの勝利は確定の中の確定。

だから慌てない。

約束された女帝は常に優雅に佇むものなのよ。

「姉上！　姉上えええええ————ッ!!」

王者の優越感に浸っていたら、場を乱す喧騒が。

弟竜の一人が血相変えて飛び込んできたじゃない。

「何かしら？　今宵は優雅に過ごしたいのだから大声で騒がないで？」

「優雅に過ごしている場合ではありませんぞ!!　一大事です!!」

「何？」

「新たなガイザードラゴンが決まりましたぞ!!」

……。

ん？

場が、シンと水を打ったように静まり返った。

誰もが言葉の意味を理解できなかったからだろう。

思考に空白が生まれ、その空白が静寂となって、しばらく空虚が時間に伴い実体化したが。

「……は」

やがて思考が再スタートし始めて……。

「はああああああああああああッ!?」

奇声が上がった。

わたしだけでなく、取り巻き竜どもも大騒ぎ。

「どういうこと!?　どういうことおおおおッ!?」

「新しいガイザードラゴンが決まった!?　そんなバカな!!」

「後継者争いは、まだ第一段階の試練も終了してないでしょう!?」

「なのになんで後継が本決まりするんだよ!?　唐突過ぎる!?」

「ガイザードラゴンはおれがなるはずだったのにいいいいッ!?」

ショックのあまりポロッと本音が出ているアホな竜もいたが、わたしもそんなことにかまっていられない。

新しいガイザードラゴンになった竜がいる!?

わたしが獲得するはずだったその称号を!?

一体誰が!?　どうやって!?

ガイザードラゴンの座を掠め取ったというの？

「お前ッ!!」

「はいいいッ!?」

報告に飛び込んできた弟竜……ええと名前が思い出せませんわ！

いや、コイツが誰かなんてどうでもいい。

「詳しく！　詳しく報告なさい！　まず誰が新しいガイザードラゴンになったの!?」

「はッ！　アードヘッグなる者だとか！」

アードヘッグ？

聞いたことがない名だわ？

誰か心当たりがないかと周囲を見回す。わたしに服従する取り巻き竜たちと次々目が合うが……。

「あの……」

「すみません知りません……」

「寡聞にして……!?」

「我らの耳にも入ったことがない、余程無名の弱小竜ということなのでしょう！」

そんな情報入ったところで何の役にも立たないわ！

この無益ドラゴンども！　侍らせても何の意味もない！

「まあいいわ、そのドラゴンが何者なのかおいおい調べるとして……！」

問題は手口よ。

「そのアードヘッグとやらは、どうやってお父様から後継者の座を掠め取ったの!?」

いいえ、きっと卑劣で姑息な手段を使ったに違いないわ。

だって後継者争いは今、真っただ中だったのだもの。

勝者も決まってない中で賞品だけを抜き取っていくなんて、きっと言葉巧みにお父様に取り入り、ガイザードラゴンの称号を騙し取ったに違いないわ！

そうに違いないわ!!

「そ、それが……！」

報告者のドラゴンが口ごもる。

「何よ！　こっちは気が急いてるんだから早くお言いなさい!!」

「我らが父上、ガイザードラゴンは身罷られました」

は!?

「そのアードヘッグから挑まれ、激闘の末に敗れたそうです。だからこそガイザードラゴンの称号は勝者の手に渡ったと……!!」

お父様が……、負けた……!?

信じられない。

いいえそれ以前に、そんな方法でガイザードラゴン継承権を無理やり奪えたなんて……！

そんな方法があるなら、真面目に試練を受けていたわたしがバカみたいじゃない!!

「なんという暴挙！　なんという無法！！」

「アードヘッグとやら！　後継者争いの定められたルールを無視し父上を害するとは言語道断！」

「姉上！　これは断固として受け入れてはなりません！　この狼藉者がガイザードラゴンになるのをむざむざ見過ごしてはなりません!!」

取り巻き竜たちの言葉は私の胸を打った。

「その通りだ！　ヤツがルールを無視したならば、こちらもルールなど関係ない！」

「我ら全員で出向き、アードヘッグとやらを成敗してくれましょうぞ!!」

「その上で新たに、我らの総意によってガイザードラゴンを選出するのがよい!!」

まったくその通りだわ。

ガイザードラゴンは竜の王。早い者勝ちなんて大雑把な決め方をされていいはずがない。

知性、魔力、気品、そして何より強さを備えたパーフェクトドラゴンこそ竜の支配者に相応しい。

それを無視し、王の座を掠め取った盗人。

真の王たるこのわたしが成敗してあげましょう。

「出るわよ……！」

わたしの宣言に、周囲から歓声が上がった。

「ブラッディマリー様みずから狼藉者の処刑に……！」

「なんと麗しい！　それでこそグラウグリンツェルドラゴン!!」

「我々もどうかお供させてください！」

好きにするがいいわ。

では、問題はそのアードヘッグとやらがどこにいるかだけども。

わたしを恐れて逃げ隠れでもされたら面倒だわ。

「それが……、居場所ならハッキリしております」

何ですって？

「実はヤツのガイザードラゴン戴冠式とやらが開かれるらしく……、招待状が届きまして……！父上を討った旨もそこに記して……！」

まあ、なんと傲慢な。

私を差し置いて式典など、その有頂天を叩(たた)き潰してあげますわ。

「皆続きなさい！　招くというなら訪ねてあげましょう！　ヤツの晴れ舞台を血で染め上げるためにね!!」

取り巻き竜たちの歓声が上がった。

「でも……、最後にもう一つだけお伝えしなければならないことが……」

報告竜がまだ何かあるらしい。

何？　出陣ムードが盛り上がって今にも飛び出したいところなのに。

「この招待状、送り主がアードヘッグ本人ではなく……、アレキサンダー兄上なのですが……!?」

「へ!?」

アレキサンダーお兄様？

お父様をも超える最強竜の名が何故（なぜ）ここで？

俺です。

アードヘッグさんのガイザードラゴン戴冠式も無事終了し、現場は和やかな会食へと移行しております。

あらかじめ用意しておいた農場製の手料理に、皆舌鼓を打ちつつ会話が弾んでおります。

「ハァ……、本当にガイザードラゴンになってしまった……！　これからどうしたら……!?」

「安心なされアードヘッグ殿！　私たちがついておりますぞ！」

今日の主役アードヘッグさんは旅の仲間アロワナ王子とご歓談。

『……はぁー、ここのごはん美味しい。帰りたくないぐらい美味しい』

そして森羅万象を創造せし万象母神ガイアはまだいた。

ちゃっかり会食に加わって食欲の赴くままに料理を貪りなさる。

『特にこの乾いた肉みたいなのが美味しいわ。嚙めば嚙むほど味が出る……!?』

「スルメですね。こちらの唐辛子マヨネーズをつけるとさらにおいしく召し上がれますが？」

万象創造神がスルメくっちゃくっちゃ言わせている他にも。

たとえば向こうでヴィールとプラティが……。

「ジュニア〜。肉だぞ肉〜。肉美味しいぞ〜？」

「ギャー！　やめなさい離乳食にしても肉は重過ぎる!!」

と騒いでいたり……。

さらにあっちでは、グラウグリンツドラゴンのアレキサンダーさんと、今や本格的に『元』ガイザードラゴンとなったアル・ゴールさんが……。

「うっへえ？　これタマネギ入ってるじゃないか……!?」

「好き嫌いはいけませんぞ父上」

やっぱりどっちが子で親かわからないやりとりをしていた。

元々は険悪だったそうだが、きっかけがあって仲直りできたらよいことだ。

さらにアレキサンダーさんの下へ、あのバッカスが寄って来て。

「よう、竜の王子様おひさ」

「世にも珍しい半神ではないか？　何処にでも現れるヤツだと思ったが、こんなところにまで現れるとは」

何だか互いに知り合いな口ぶり。

「せっかくの祝いの席なのだ。我が新作の酒の味見をしてみぬか？」

「お前の作った酒なら美味いに決まっている。是非差し出すがいい」

「わーい、やったあ」

「……美味いな。どんな酒だ？」

「あるドラゴンからエキスを取った酒なんだけど。……いやー、よかった。誰彼かまわず飲ませるものじゃないから在庫処理に困ってたんだ。お前らなら飲んでも大丈夫だろうジャンジャン消費していって」

そんな感じで、周囲和やかに済みそうだな……。

「う～む……!?」

アレキサンダーさんが俄かに唸り出した。

どうしたんです？

アナタが深刻そうになると、本当に深刻な事態が起きそうなんですが……!?

「いや、料理これで足りるかと思ってな……!?」

「え？」

そんなバカな。

足りないなんてあるわけないじゃないですか。

今の状態でも充分出席者に行き渡っているのに。

「いやでもなあ、これからやってくる招待客の人数を考えると……!?」

「は？」

招待客!?

何ですそれ聞いてませんよ!?

「ドラゴン仲間に『よければ来い』と招待状を出しておいたんだ。お祝い事は皆で祝うのがいいからな」

なんでそういうこと一言の相談もなくやっちゃうかな!?

卓越した人格者だと思っていたが、やっぱりアレキサンダーさんも所詮ドラゴン、やることがいちいち大雑把。

「えー、ちょっと待って？　ということは、これから農場にドラゴンが大挙して雪崩(なだ)れ込み……!?」

何処のカタストロフだそれ……!?

「お、噂(うわさ)をすればやって来た」

「え？……ぎゃーッ!?」

たしかに！

向こうの空からやってくるドラゴンの団体さん!?

翼をはためかせ、空を斬り裂くように、こちらへ向けて猛スピードで接近してくる。

俺たちの頭上で止まり、空中に留(とど)まる。

『ガイザードラゴンを僭称(せんしょう)する身の程知らずにて卑怯者(ひきょうもの)！　アードヘッグはいるか!?』

十体以上はいる竜のうちの一体が言う。

『貴様の姦計(かんけい)許し難し！　全ドラゴンにて最強、真にガイザードラゴンとなるべきグラウグリンツェルドラゴンのブラッディマリー様が、貴様を成敗に来たぞ！　ささ、姉上!!』

『うむ』

ご紹介を受けてみたいな感じで、さらにもう一体のドラゴンが前に出た。

これが一目見て他とまったく違うドラゴンで、鱗が全身真っ黒だった。

この世界のドラゴンは大抵金色か銀色だが、黒いドラゴンというのは初めて見る。

それだけに何とも強そうだった。

「おおー、マリーが来たか」

そう言って空を見上げる幼い子ども。

しかしこの子、見た目通りの存在ではない。

もっとも長きにわたって生きる最古竜が変身した姿なのだ。

見た目は子ども、頭脳は大人。それがこのアル・ゴールさん。

「……ああー、やっぱ酒まっずいなあ。ジュース！　おれにはジュースこそ至高の飲み物！」

やはり中身も子どもかもしれない。

「あの……、それより今はあの竜の説明を……！」

「ブラッディマリーはおれが二番目に創造した複製体。つまり娘だな」

「二番目？　じゃあ一番目は？」

「アレキサンダーに決まってるだろう」

ですよね。

「グリンツェルドラゴン（皇女竜）としては一番上で。だからこそ実力も非常に高い。後継者争いで最後に残る有力候補と言われていた」

「じゃあ、いきなりアードヘッグさんがガイザードラゴンになったと知ったら？」

「そりゃ怒り心頭だろう。アレキサンダーのヤツ、何を思って招待状なんか出したのか……？　挑発とも考えられるが純粋に善意という可能性も残ってるんだよな……！」

アレキサンダーさん、ほのかに天然なところがありますもんね。

俺もここ数日の付き合いで何となくわかってきた。

で。

その突如訪問してきた真っ黒な竜がまずは単独で降り立ち、その体を急速に圧縮させる。

それはドラゴンの使う人化の法。

竜から人の姿へと変容したブラッディマリーさんとやらは、はち切れんばかりにお色気たっぷりの美姉さんだった。

「ここにいるの？　アードヘッグとやらが？」

ドラゴン時と同様、深淵なるほど真っ黒なドレスを着こみ、しかもそれが体のライン丸見えになるほどピッチリしている。

お肉もムチムチしているので、起伏激しいプロポーションも剝き出し。

このお色気ムンムンのアダルトお姉さんが、最強ドラゴンの一角なのか？

「こらッ!!」

「うひぃえええええ————————ッ!?」

訂正。

全然最強じゃなかった。

真の最強ドラゴン、アレキサンダーさんの一喝によってマリーさんとやらは引け腰となり、空にいる竜たちは木葉のように吹き飛ばされる。

『うぎゃあああああッ!?』

『怖い、怖いいいいいいッ!?』

『本当にアレキサンダー兄上がいる!?　なんでッ!?』

『絶対勝てるかあッ!?　おれは逃げるぞッ!?』

ビビりまくり。

「この礼儀知らずども。ヒトのお宅に訪問するのに、そんな敵意を放出しまくりとは何事だ?　お前たちは戦争でもしに来たつもりか?」

多分そうだと思います。

「今日は新たなガイザードラゴンが決まるめでたい日ではないか。それを共に祝おうと招待したのに、お前たちがそんなに無作法では、場所を提供してくれた聖者殿へ申し訳が立たないではないか」

いえ、大丈夫です。

大丈夫ですから、このあまりにも大それた状況に俺の名前を出さないでください!

「アレキサンダーお兄様。この変事の裏にアナタがいたとは、これでますます抜き差しならない状況になりましたわ」

「ぬ?」

「アナタが黒幕となってお父様を討ったのですわね？　アードヘッグなどという無名竜を使って。……ご自分が後継者候補から外された恨みですか？　傀儡(かいらい)を王座につけ、頑(かたく)なに表に出てこないのは何故(なぜ)です？」

マリーさんとやらは完全に誤解していた。

まあ誤解したくなる気持ちもわかるが。

「ですが、ガイザードラゴンの帝位継承は正当に行われるべきです。アナタの横紙破りを認めるわけにはいきません。よってこのグラウグリンツェルドラゴンのブラッディマリーこそが真なるガイザードラゴンとなります！」

『そうだそうだー！』

『マリー様こそが竜の王に相応(ふさわ)しい!!』

と空飛ぶ竜たちがわめきたてる。

……そうか。

要はアイツら、マリーさんの取り巻きか。

「この期に及んで情けないヤツらめ……！」

アレキサンダーさんがやれやれとかぶりを振る。

「どうあっても力ずくでしか決められないのか。ならば皇帝となったアードヘッグに代わりこのアレキサンダーが真の力ずくを見せてやろう」

最強竜と呼ばれる賢老の体から、純白の覇気が発せられる。

この竜が本気になっただけで、すべてが終わるように感じられたが……！

「待つのだ兄上」

それを止める者がいた。

「ここはおれに任せてもらおう、グリンツェルドラゴンのヴィール様がな！」

「ヴィール？」

何故お前がここで出てくる？

アレキサンダーさんに任せておけばすべて灰燼に帰す……もとい、丸く収まる話じゃないか？

「……不満に思っていたのだ」

「何を？」

「ここ最近ドラゴンがメインだというのに、肝心のおれの影が薄い！　おれこそ農場土着のもっとも活躍すべきドラゴンだというのに!!」

知らんよそんなこと。

「だからそろそろ見せ場の一つも欲しいのだ！　そしてジュニアに尊敬される！」

「ジュニアはまだ物心ついてないから何が起きても覚えてないわよー？」

プラティからのアドバイスも耳に届かない。

「だからここはおれに譲れアレキサンダー兄上！　おれのパワーで華麗に解決してみせるのだ！」

「よかろう」

あっさり認める長兄。

「聖者殿に仕えるお前の力、しっかり見ておきたい。ブラッディマリーなら相手として不足ない」

「よしゃー！」

ええ、いいんですか？

たしかにヴィールは昔から最強だけど、それはひとえにドラゴンという種族ゆえ最強だったから。

同じ最強種ドラゴンで、しかもその中で二番目に強いというマリーさんの相手は荷が重いんじゃゃ……!?


「それはどうかしら……!?」

と言うのはプラティだった。

ジュニアを抱えて俺の隣まで進み出る。

「思い出して旦那様。この農場に住むヤツは、何やかんや言ってアホみたいにパワーアップするものよ。一番古くからここで暮らしてきたヴィールだって、その例に倣うんじゃない？」

「はッ!?」

「あの娘は元々最強だから相対的に変化がわからなかったけれど、まさに今ハッキリするんじゃないかしら。ヴィールの、この農場で過ごした時間の成果を」

ヴィールが農場で過ごした成果？

毎日毎日食っちゃ寝してた記憶しかないような!?

しかしその食っちゃ寝の日々が、ヴィールに新たな力を!?

「ヴィール、その名前は聞いたことがありますわね？」

黒衣の貴婦人たるブラッディマリーが言う。

「お父様の子らの中でも、わたしやアレキサンダーお兄様に次いで十指に入る実力者。まさかアナタまでそちらに付いていたとは」

へー。

ヴィールって元からそんなに強かったのか!?

「でも、最強竜たるわたしに挑みかかる考えは浅はかですわね？」

「最強はアレキサンダー兄上だろう？　お前は二番目だ、二番目竜！」

「ぐぬッ!?」

図星だったのか、マリーさんの表情歪(ゆが)む。

「いいでしょう。そこまで死にたいなら引導を渡してあげるわ。このいずれガイザードラゴンとなる最強のわたしが！」

黒衣の美女の姿が、漆黒のドラゴンへと戻った。

それに合わせてヴィールもドラゴン形態へ変身。

そして瞬時のうちに上空高くへ飛翔(ひしょう)する。

「おおおおー？」

でもうちょっとふんわり行ってもらえないかな、突風で土埃(つちぼこり)が立つんですが。

対決する二ドラゴンは、上空で睨(にら)み合う。

『身の程知らずで哀れな妹。同じグリンツェルドラゴンといえど、「グラウ」を冠するわたしとの間には埋めがたい差がある』

ドラゴン形態になったマリーさんが言う。

『その差を思い知り、後悔しながら消えていきなさい。お前のあとにはアレキサンダーお兄様を何とかして、肝心のアードヘッグとやらを始末せねばならない。いちいち手間取ってはいられないのよ！』

黒竜の体から漆黒の竜気が立ち上る。猛烈な勢いで。

それらの黒竜気は凝縮して結晶化され、いくつかの弾丸となって実体化する。

『我が竜奥義「ダークネスミーティア」！　凝縮された暗黒竜気の一斉砲撃を食らいなさい！』

宣言と同時に撃ち放たれる黒い気弾。

たった一発でも島ぐらい吹き飛ばしそうな威力が数えきれないほどヴィールを襲う。

いかにヴィールといえどもこれを食らって無事で済む……、いや生き残れるとは到底思えなかった。

最強種ドラゴンすら殺すことができる。

それがドラゴン同士の戦い。

改めて凄さに戦慄するが、さらにもっと驚くべきことが起こった。

『ぼえー』

『うへぇッ!?』

ヴィールが、その凄まじき黒い連弾を消し去ってしまったのである。

いともたやすく。

『しょっぺえ奥義だなマリー姉上。この程度でおれを倒せると思ったのかー?』

『バカなッ!?　お兄様以外のドラゴンがこの技に対処できるなんて!?』

必殺技が無効化されたのが余程ショックなのか、黒ドラゴンさんは空中で後ずさる。

『甘く見たな。おれがいつまでもお前より弱いと思っていたか。そんなことはない』

『何ですって!?』

『おれは成長したのだ。この農場に住んで、色んなものを食って強くなったのだ。その中でももっともおれに力をくれたのが、……ジュニアだ!』

ジュニア!?

ウチの子が何か!?

『ジュニアはおれに愛というものを教えてくれた。愛がおれを強くした。愛を得たおれは最強のドラゴンなのだ』

どっかの暗殺拳伝承者みたいなことを言い出したぞ?

『見るがいい!　愛を得たおれの最強パワーを!』

ドラゴン形態ヴィールの周囲に、猛烈な竜気が吹き上がる。

第二位のドラゴンであるブラッディマリーのそれをも遥(はる)かに凌駕(りょうが)する。

『愛が合わさったおれの竜気は、元の竜気より百倍強い!　放て必殺の!　おれの竜奥義「愛・ラブ・ジュテーム」!!』

ヴィールから放たれる光線は、マリーさんの黒弾より遥かに大きく、凄まじかった。

たった一筋ではあるが空を割るかと思われるほどのごん太光線で、巨大な竜すら簡単に飲み込みそうな……。

『ひえええええ――――――ッ!?』

マリーさんは全速力で回避行動。

最強者の誇りも捨て一目散に逃げることで、なんとか光線を回避することができた。

『ああ……、あんなのまともに食らったら命がない……!!』

ヴィールは第二位の竜に、恐怖を与えることに成功した。

プラティの言った通りだった。

ヴィールのヤツも最強者なりに農場の影響を受けていたんだなあ。

ヴィール凄い。ヴィール偉い。

『クッソ逃げたか!? 今度は外さんぞ追撃の「愛・ラブ・アモーレ」!!』

そしてヴィールは容赦することを知らなかった。

間髪容れず同じ規模の巨大光線を放つヴィール。

ほぼ連射。

一度回避行動を終えた、その瞬間をドンピシャに重ねられたので、なおさらかわしようがない。

『ぎゃあああああッ!? 死ぬうううううッ!?』

ああ、これもう死んだわ、と誰もが確信した瞬間だった。

マリーさんは本格的に愛という名の凶光に飲み込まれて死ぬかと思いきや……!!

『ぬおあああああっ!!』

『死ぬーッ!?　死……、えッ!?』

なんと別のドラゴンが飛び込んできて巨大閃光を受け止めるではないか。

正面から両手を突き出し、みずからも竜力を展開して盾を作り、ヴィールの攻撃を弾いている。

なんと。

全ドラゴンの中で二番目に強いはずのドラゴンが直撃＝死になってしまうぐらい強力な攻撃を、受け止めきれるドラゴンがいたなんて!?

それはやっぱり真の最強竜アレキサンダーさん!?

じゃない!!

アレキサンダーさんは、人間形態のまま俺の隣で同じ光景を見上げている。焼き鳥を齧りながら。

じゃあ誰!?

『おおお？　アードヘッグじゃないか？』

大閃光を受け止めきったドラゴンは、たしかに竜形態のアードヘッグさんだった。

『ヴィール姉上！　戯れが過ぎますぞ！』

防ぎきった光の粒子を払いつつアードヘッグさんが言う。

『おれの愛攻撃を防ぐとは凄いではないかー？　ガイザードラゴンになって力が上がったのかー？』

対してヴィールは、渾身の超必殺技が破られたというのに気楽だった。

『竜同士が殺し合うなど不毛なこと！　ヴィール姉上もマリー姉上もご自重ください！』

『あ、あああ……!!』

九死に一生を得たマリーさんは、颯爽たる救援者を呆然と見詰めるのだった。

『アナタが、アードヘッグ……？』

『いかにも。姉上、おれのような若輩者が皇帝竜を拝命し、ご不満なのはわかりますが一旦落ち着いて……！』

なんか場を治めようとして明君みたいじゃないか。早速皇帝竜としての自覚が出てきたか？

『よーし、アードヘッグがどんだけ強くなったかもっと確認してやるぞ！「愛・ラブ・アロハー」!!』

『ぎゃああああッ!?　ヴィール姉上なんでもう一回撃ってくるのですかああああッ!?』

第二位の竜を圧倒するヴィールの攻撃を受け止めきれる。

それはやっぱりアードヘッグさんがガイザードラゴンとなり力を得たからなのか？

『龍玉』というものがガイザードラゴンの証(あかし)。

それを体内に取り込んだドラゴンが皇帝竜を名乗り、すべての竜を支配する。

それはやっぱり大したシロモノであったらしく、『龍玉』を得たアードヘッグさんは、一気に最強竜の一角へステップアップ。

「……元々のアードヘッグは、全竜の中で二十～三十番目程度の強さだったはずなのだが……！」

見守るアレキサンダーさんも驚きを禁じ得ない。

「くっくっく……！　それが『龍玉』の恐ろしさだ。どんなクズ竜でも最強竜へと変えてしまう驚異の宝玉なのだ……！」

その隣で満足そうな子ども姿のアル・ゴールさんだった。

ヴィールの愛攻撃を心行くまで防ぎきったアードヘッグさん、地上に戻ってきて人化する。

「しんどかった……！　ヴィール姉上まったく容赦なかった……！」

ホントご苦労様です。

「ご主人様ご主人様ー！　どうだ？　おれ凄(すご)かったろう？　ジュニアの守護竜に相応(ふさわ)しいだろう？」

ヴィールも人間形態に戻って俺の下へ駆け寄ってくる。

……うん。

たしかに愛に目覚めたヴィールはとんでもなく最強だったけど……。

「最後のアードヘッグさんのインパクトが強くてうやむやになった」

「あーれーッ!?」

ガビーンとなるヴィール。

まあでもキミは元から最強なんだし今さら重ねて最強アピールしなくてもいいじゃないか。

「しかしこれで、ブラッディマリーも納得するだろうよ」

その問題のマリーさんも人間形態に戻って一緒に降りてきた。

さすがに当初の猛々しさは消し飛ばされ、借りてきた猫のように大人しくなっている。

「マリーよ、強者がすべてを支配する、それがドラゴンの掟だ」

アレキサンダーさんが長兄然として言う。

「アードヘッグに助けられなければ、お前はヴィールに消し飛ばされていた。この結果を受け止め、無益な野心は捨てることだな」

「ふぁい……」

余程恐ろしい思いだったのか、マリーさんはしおらしかった。

その弱りっぷりは、一緒に降りてきたアードヘッグさんの衣服の一部を抓んでいることでわかる。

「あのッ、マリー姉上？　そろそろ放して……？」

「………」

しかし彼女はまだまだ離れる気配を見せなかった。

……。

何かの波動を感じる……？

「あーッ!!　なんか暴れ足りないぞ!?」

その横でヴィールは不完全燃焼の風だった。

ナンバーツーの竜を圧倒してなお余力が溢れているのか？

「そうだ、マリー姉上の取り巻きどもがたくさんいた！　アイツら一掃してスカッとするのだー！」

しかし今、空は一面真っ青でスッキリしている。

ドラゴンどころか鳥の影一つ見当たらない。

「……あれ？　アイツらどこ行った？」

「お前の竜気にビビッて逃げていったぞ。残らずな」

とアレキサンダーさん。

「元々、強力なマリーの陰に隠れて後継者争いを生き残ろうとしていたヤツらだ。勝てない相手に出くわせば逃げるが必定」

「最強種ドラゴンにあるまじき姑息さよ。あんなヤツらから力を吸収しておけば、アードヘッグどもに負けなかったのに」

アル・ゴールさんも元ガイザードラゴンとして情けないドラゴンたちに苦い顔。

いや、ヒトから力を奪って強くなろうという、この人も充分姑息だと思うが……。

「父上、我らドラゴンはこれからどうなっていくのでしょうな？」

「知らん。本来なら最後の一体となるまで殺し合い、残った一体が自分の複製体を数多作り上げまた殺し合うというのを延々繰り返すのがドラゴンだった……」

しかしその運命は何や唐突に断ち切られた。

主に俺や先生の働きによって。

なんかスミマセン。

「その在り方が失われ、代わりにどんな生き方をドラゴンがしていくか、おれにはまったくわからん」

「案外何も変わらないかもしれませんなあ。元々ドラゴンは自由な生き物です。運命から解き放たれてもまた自由に生きていくのでしょう」

ヴィールはもちろんのこと、アレキサンダーさんもアル・ゴールさんも、皆自由すぎるくらいこれまでを生きてきた。

自由が強さによって獲得できるものならば、最強種ドラゴンほど自由が似合う生物はいない。

彼らは皆これまでと何一つ変わりなく、自由を満喫するのだろうな。

……ただ一つ。

以前と変わりがあるとすれば……。

『…………』

実はこのドラゴン騒動が繰り広げられていた現場を終始眺めていた創世神ガイアさん。

クッチャクッチャ言わせていたスルメをやっとゴックン飲み込んでから言った。

『ねえ』

「はい、なんです？」

『あの二人、よろしくない？』

と言って創造神、いまだアードヘッグさんの袖を抓みっぱなしのブラッディマリーさんを指さす。

俺は答える。

「非常によろしいですな」

『ラヴの波動を感じるよねー？』

絶体絶命のところをアードヘッグさんに助けられてキュンと来たか。

ドラゴンも案外古典的な恋の始まり方をするんだな。

『私が最初に与えた竜の在り方ってさー。代替わりした際に、結局ガイザードラゴン一体から始まるんじゃない？』

「はい」

よくわかりませんが。

『そこから自分の複製体を作り出して数を増やしていくのよ。言ってみれば単為生殖』

だから現状いるドラゴンって全部アル・ゴールさんの息子娘で皆兄弟なんですよね。

『でも私が設定を変えて、竜たちの在り方を変えたから、これから竜が繁栄していくにも別の繁殖法が適用されるのかなぁー、……と』

「……」

『あのドラゴンカップルを見て思いました』

単為生殖から配偶者を伴った生殖へ？

あの二人が、ドラゴンの夫婦第一号？

『ガイザードラゴンはこれから純粋に竜の長、代表者としての意味合いだけを残していくんでしょうけど。そうした意味合いのガイザードラゴン第一号になったアードヘッグちゃんが真っ先に所帯を持つのも、よい傾向と言えなくもなさそうねえ』

そしてブラッディマリーさんとの間に新たな命を生み出していくと？

子竜をポコポコと？

『最強種があまり過剰に繁栄しすぎると生態系が崩れるから出生率は低めに設定しようかしら？それに、皇帝竜の妻というからにはこれにも特別な称号を付けたいわねえ……？』

創世神。

俄かに設定作りに盛り上がる。

『皇妃竜……、だからクィーンドラゴンっていうのが順当なところよねえ？　でももっと強そうな響きにしてグィーンドラゴンってどうかしら!?』

「どうかしらと言われても……!?」

『やっぱり濁点つけたら何でも強そうに聞こえるわよねえ！』

皇妃竜グィーンドラゴン。

将来マリーさんがそう呼ばれるのかどうかはわからないが、まあこれにドラゴンの新しい時代の先触れを感じておくことにしよう。

＊　＊　＊

こうしてアードヘッグさんのガイザードラゴン戴冠式も無事終わり無事解散。

アレキサンダーさんは自分のダンジョンへと帰り、アードヘッグさんもこれからガイザードラゴンとして自分のダンジョンを構築するらしい。

マリーさんは、そんなアードヘッグさんに同行しようとしたけど結局は自分のダンジョンに戻っていった。

元からいるヴィールは当然このまま。

……で、最後に一人残ったのは……。

「アナタは帰らないんですか？」

「んぬ？」

元ガイザードラゴンのアル・ゴールさんであった。

「いや、帰れって言われても、アードヘッグどもに負けたおれはガイザードラゴンでもなくなって自分のダンジョンもないし、ぶっちゃけ帰るところがない」

「それでウチに住みつくと？」

「いいだろう、ヴィールもいるんだしドラゴンの一人増えたって。……え？　これ何？」

鍬ですけど。

働かざるもの食うべからずがウチのモットー。

アナタもウチで暮らしたいならしっかり畑で働いてください。

そう言ってからきっかり三日後。

アル・ゴールさんはウチの農場から姿を消した。

今日は装いも新たに……。

魔王さんが遊びに来た。

それも一家で。

奥さんのアスタレスさんに、二番目の奥さんグラシャラさん。

それぞれとの間に生まれた息子ゴティアくんと娘マリネちゃん。

お互いの子どもが生まれたばかりだというので、会わせてあげたいという気持ちからだろう。

魔王という責任ある立場ながら、忙しい合間を縫って前より頻繁に訪ねてくださるようになった。

今日も子ども三人、母親三人。

集まって姦(かしま)しいばかりである。

そんな和やかな風景を一歩離れたところから眺める父親二人。

俺と魔王さんであった。

「……ジュニアくんは、祖父御殿ともう会われているのだな」

「はい？」

どういうことです？

ウチのジュニアの祖父っていうと……、人魚王さん？

たしかにこないだ海底まで行って会ってきましたけど。アナタも人魚国訪問一緒しましたよね？

「いきなり何故そんなことを？」

「ああ、いや……」

問い返すと、魔王さんは慌てたように取り繕ったあと、一際寂しそうな表情で……。

「ウチのゴティアとマリネは、まだ祖父に当たる方と目通りできていないので……」

え？

魔王さんの表情が益々寂しげだった。

「それって、ゴティアくんもマリネちゃんもお祖父さんと対面できてないってこと!?」

「そうなのだが……、いや、詮無いことを話してしまった。聖者殿忘れてくれ……！」

そういうわけにもいかないでしょう！

一番最初に生まれたゴティアくんなんて、そろそろ一歳でしょう!?

多少立って歩けるようになり、言葉も少しは覚えてきて。

そんなに大きくなるまで一度も見に来ないなんて、どんなお祖父ちゃんですか!?

「いやまあ、魔王家となるとしがらみも多くてな。市井の民と同様に……、とはいきにくい。ゴティアとマリネには寂しい思いをさせてしまうが、それもこの父が不甲斐ないと謝るしか……！」

「そんなことないですよ！」

俺ヒートアップ。

「どんな理由があろうと、孫に会いに来ないお祖父ちゃんなんてありえますか！　何なんですかソイツは!?」

「せ、聖者殿落ち着いて……!」

俺の予想外の憤慨に魔王さんもタジタジ。

はッ。

俺も大人げないな。深呼吸して落ち着こう。

「聖者様、我が子たちのために憤慨してくださりありがとうございます」

おおう。

俺の大声が向こうまで聞こえてしまったか。

アスタレスさんが実子ゴティアくんを抱えてやってくる。

「ですが、これは魔国の内情に深く関わる問題なのです。なので無理を押し通すわけにもいきません。この子もいずれ魔国を背負って立つ身ならば、今から耐えることを覚えていかなければ……」

そう言って腕の中のゴティアくんをあやす。

そろそろ一歳のゴティアくんは体力や機動力も上がり、隙あらばママの腕から脱獄して冒険に出かけようとそわそわしている風。

「一体何なんです……? お祖父ちゃんが孫に会わない事情って?」

俺はなおも納得できず憮然として言った。

「……ゼダン様、お話ししてみては? 聖者様ならまた何かよい知恵を授けてくれるかもしれませんし……?」

「いやいや、いかん！　聖者殿には何度もお世話になっているというのに、なおも迷惑を掛けるわけにはいかん！　ましてこの問題は、我が家族のこと。私事にまで聖者殿を煩わせては……！」

いいじゃないですか。

俺と魔王さんの仲ならプライベートなことこそ相談し合わないと。

「どうか俺にも話してください」

「うむ……！」

魔王さんは少しの間、思いつめた表情をして……。

「わかった、お聞き願いたい」

と言った。

さすが俺と魔王さんの仲！

＊　＊　＊

「……ゴティアとマリネの祖父。それ即ち我が父のことであるのだが……！」

はい。

常識的に考えたらそうですね。

「大魔王バアルという」

またなんか大物そうなネーミング。

「その大魔王というのは、魔王より偉いとかそういう……？」

「いえ、そういう感じではありません」

共に並ぶアスタレスさんが補足した。

「大魔王は、魔王の職を務め上げた御方(おかた)に贈られる尊称です。己が治世を無事まっとうした者として敬意を受けますが。実質的な権力もなく政治にも口出しできません」

つまり栄誉職みたいなものか。

「で、その大魔王様は孫と会っちゃいけない決まりでもあるんですか？」

「いや、そんなことはない。魔王家といえど一つの家族。仲睦(むつ)まじい方が好ましい」

じゃあ、その大魔王様とやらは自分の意思で孫に会ってあげないってこと？

とんだ意地悪お祖父ちゃんじゃないか!?

「その理由には、政治的な経緯が絡むのだ。それは……、そう、親父(おやじ)殿が魔王で、我がまだ魔王子であった時代に遡る」

あ。

なんか過去話になります。

「親父殿は、王侯として精力的な方でな。その、色々な意味で」

「というと？」

「多くの妃(きさき)を抱えていた。正妃だけで六人。側室は十人……いってなかったと思うが」

うわあ。

「従って子も多く、れっきとした王位継承権を持つ子だけでも八人いた。その中の一人が我だ」

「しかもゼダン様は、その中の一番下のお生まれで継承順位は末端。魔王となる可能性はまずないというのが周囲からの見立てでした」

アスタレスさんの説明に、俺は『え?』と困惑する。

「でも、今目の前にいるこの人は魔王さんですが?」

「そうです。ゼダン様が魔王となられたのは、ちょっとしたお家騒動の末でした。ゼダン様の兄君に当たられる継承権上位の魔王子方は……、何と言うか、その……!」

ボンクラだったわけですね。

皆まで言わないでよかろうです。

「クーデターに近い形でゼダン様は実権を握り、魔王となりました。父君バアル様は、それと同時に引退を余儀なくされ、大魔王の座に退かれたのです」

「不本意の交代だったと?」

まさかそれでヘソを曲げて、今の魔王さん一家と仲良くできないとか?

「バアル様にとって、そうした形での政権交代はご自身の施政を否定されたも同じ。ご自分がこれまで成し遂げてきた業績すべてを無にされるに等しいのです。だからこそ現政権と……、その象徴であるゼダン様と馴れ合うことはできないのです」

「アタシは納得いかねえけどよ」

話に加わったのは第二王妃のグラシャラさん。

「ゼダン様が魔王になって、魔国がよくなったのは事実じゃねえか。バアル様が魔王だった頃アタシは一兵卒だったが、そのアタシが抜擢されて四天王にまでなれたのはゼダン様のお陰だ！」

出身とか派閥とかに関係なく、実力のみで出世栄達できる風潮を、ゼダンさんが魔王になって作り上げたってことですね？

「だからだ。ゼダン様の治世が認められれば認められるほど、そのゼダン様に破壊された前政権が間違っていたことになる。バアル様はかつて魔王であった誇りを守るためにも、現政権と距離を置くしかないのだ」

敗者の最後の意地。

せっかく生まれた孫の顔を見ることも頑なに拒否していると。

大魔王の座に退いて、公には魔王ゼダンの存在を認めるものの、私的には交際を一切断ち、自分は本心では現政権を認めていないとアピールする。

それが政治的敗者へと追いやられた者の精一杯の抵抗と。

今の魔王……、ゼダンさんは、魔王としての責任に正面から向き合っている。

しかしそれが父親との軋轢を生んで、家族の絆を失ってしまった。

人情の厚いところもある魔王さんは、そこに葛藤を感じ苦しんでいる。

途中から説明をアスタレスさんに任せて黙り込んでしまうほどに。

無関係の俺から言わせてもらえば、大魔王さんはくだらない意地を張ってるだけだと思うけど、それで片付けられない大事なものが本人にはあるんだろう。

しかし、それもまた幼い子どもたちには無関係な話だ。

子どもたちは両親だけでなく祖父や祖母からも愛される権利があるはずだ。

その権利を守るためにも……。

「……やるぞ」

ゴティアくんとマリネちゃんを、大魔王さんと対面させるプランを。

ワシは大魔王バアル。

『魔族一の大バカ者』と呼ばれている。

かつてワシが現役魔王であった頃、ワシは宿敵人族との戦争よりも優先して魔族に文化を広めることを奨励した。

長く続きすぎた戦争で、魔族の心は荒みきっていた。貧しくなりすぎていた。

全力を注いでなお終わるかどうかわからない戦争なれば、それに没頭するより魔族全体の文化練度を上げ、民の心を豊かにしていくべきではないか？

そう思い、各職人ギルドを優遇する政策をとり、文化を奨励した。

それまで二束三文の値しかなかった骨董品を高値で買い取りし、古びたものにも相応の価値があるのだということを示して回った。

しかしそんなワシの想いは民に届くことはなかった。

いつ頃からかワシへの評価は『敵を無視して遊び回る大バカ』に定着してしまい、上級魔族の支持すら失っていた。

まったく期待していなかった末子ゼダンがいつの間にか担ぎ上げられ、政権を掌握。

ワシは『引退か幽閉か』を迫られた。

ワシの魔王退任は実に不名誉なものだった。

それゆえに皆は呼ぶのだ、ワシを『魔族一の大バカ者』と。

ワシがしてきたことは間違っていたのか？

民の心を豊かにしたいと思うのは愚かな望みだったのか？

そりゃまあ、魔族に文化的な生活を定着させたいとしてワシ自身が率先して遊びまくって金ばら撒(ま)いたりもしてたけど。

その際多くの愛人を作って子どももたくさん生まれて後継問題を余計にややこしくしたりもしたけれど。

仕方ない。

魔国の頂点に立つ者が率先して遊ぶことで、下々にも心に余裕を行き渡らせたかったのだ！

……まあ、そんなワシに感化されて可愛(かわい)がっておった長男次男が、ファッションにしか興味のないバカ息子に育ってしまったのは痛恨だが。

たしかにアレが次の魔王に就任するなんてなったら不安も爆発してクーデターが起こるわ。

末っ子だった上に、ワシからもそんなに顧みられなかったゼダンだけがまともに育って皆の期待を集めるようになるわ。

クーデターでワシが強制引退させられると、たくさんおった妃(きさき)や側室も一人残らずいなくなった。

実家に帰るか、都落ちした息子に付いていってしまうなどしてワシから離れていってしまった。

まあ、そうなるだろう。

魔王の座から追われ、何の権力も持たなくなったワシの傍にいて得など一つもない。

誰からも顧みられずに一人ぼっちになってしまったワシは、せめて隠居料を浪費して骨董品芸術品集めを続行するより他ない。

ワシ個人のレベルに落ちても、ワシはワシの政策を貫き通すのだ。

そんなワシを大バカ者と呼びたければ呼び続けるがいい！

＊　＊　＊

そんなワシの隠居屋敷に、今日もゼダンのヤツがやって来た。

律儀というか、執念深いヤツだ。

無理やり引退させたワシとの関係を修復して、政権をより盤石なものにしたいという意図だろうが、今なお定期的にワシの下を訪ねにきおる。

鬱陶しいだけだというのに。

「親父殿、そろそろお聞き届けいただけませぬか？」

「ふん、知らんわ」

今日も同じことを請いに来たのであろう。

『生まれた子どもに会ってほしい』と。

ワシから見れば孫に当たる。コイツが娶った二人の妃がそれぞれ産んだという魔王子と魔王女か。

ハッ、その手には乗らんわ。

どうせ赤子の可愛さにほだされてワシがコイツ一家と仲良くなるだろうなどと甘い見通しを立てておるに違いない。

この大魔王、そんなに安くないわ。

無理やり政権を倒されたからには、ワシとゼダンは生涯敵。

この寿命尽きるまで大魔王の立場から、ゼダンのやることなすことに嫌味を言う目の上のタンコブでい続けてやる。

あと芸術品も買い漁(あさ)ってやる！

コイツの懐から拠出される隠居料で！

「やはりダメですか……!?」

「わかりきったことに時を掛けるとは、魔王としては愚鈍だのう」

ほら、気が済んだらとっとと帰れ。

ワシは今、魔都で大ブームとなっておる新食品『ソーセージ』とやらを賞味するんで忙しいんじゃ。

「……ところで」

「あぁ？」

何が『ところで』だ？

長居する気満々の切り出しフレーズを使用するんじゃない。

「この神像、素晴らしくよい出来ですな」

　お。

「さすがの朴念仁のお前でも、これのよさがわかるか？」

「それはもう。我らが魔族の守護神ハデス様の像でしょう。よく似ている」

『よく似ている』？

　なんや独特な言い回しの評価だが、まあいいや。

「これは、お前が最近四天王に抜擢したレヴィアーサのヤツが持ち込んできてな。よい像だろう？魂がこもって生きておるようだ」

「仰る通りです」

「これからの魔族は、こういうものに金を掛けるべきだとは思わんか？　ワシの時代は『こんなのに払う金があれば戦費に回せ』とよく言われておったが、皮肉にも戦争はお前が終わらせてしまったからな」

「我一人の手柄ではありません。親父殿やそれ以前の歴代魔王が積み上げてきた業績に、最後の仕上げをしただけのこと」

　おべっか使いが。

　ワシを含めた過去の魔王たちは皆、人魔戦争を終わらせられるなど微塵も思ってなかったわ。

　あれは自然災害みたいなもので、永遠に続いていくものなのだ。

　誰もがそう思っていた。

それを終結させたゼダンこそ『歴代最高の魔王』と呼ばれるに相応しいわけだが、それを認めるのはワシにとって癪すぎる。

話が逸れた。

今はこの見事な神像の話だ。

「これからの魔国は、こういったものを作る職人が多く増え、またこうした逸品を愛でる目を養わねばならん。民たちが。戦争が終わったからこそ魔族にいよいよ文化が必要になるのだ」

「仰る通りです」

フン。

ただ話を合わせているだけか知らんが、素直な孝行息子のふりをしおって。

「だから権力者が次になすべきことは、多くの才能ある職人のパトロンとなって保護してやることじゃ。衣食住を保障して、作品作りに全力を注げる環境を与えてやってこそ、後世に残る良作を作り出せるのじゃ」

「では、この神像の制作者も、今は親父殿の庇護下に?」

「うッ……!?」

痛いところを突くではないか。

たしかにこんな傑作を創造できる天才、是非とも我が手元に置いておきたいのだが、できぬ。

作者がどこの誰なのか、名前すらわからぬ。

この神像を持ち込んできたレヴィアーサに何度となく問い詰めたが、何も教えてくれぬ。

「制作者本人が頑なに世に知られることを拒否しているとしか思えぬ……!?」

「そんな大魔王様に、朗報ー」

「うわあッ!」

なんだッ!?

ワシとゼダンの二人きりの会談の場に、急に新たな三人目が登場!?

お前は、魔王軍四天王の一人ベルフェガミリア!?

「大魔王様、これをご覧ください」

「何？　これ？」

手紙？

しかも滅茶苦茶よい紙質ではないか？　羊皮紙なんぞとは比べ物にならんぞ？

「招待状です」

「招待状!?　誰から!?」

「この神像を作った人たちから？」

「何いいいッ!?」

ワシは大急ぎ、招待状を広げ読んでみる。

要約すると『アナタのような見る目ある方に是非とも見学していただきたいので来てください』的なことが書いてあった!!

これは僥倖!

「行く！　すぐ行くぞ！　馬車を用意せよ!!」

「待って待って、お待ちください。ちゃんと書かれてあることは全部読みましょう」

「何ッ!?」

「この手紙、誰宛てになっています？」

そりゃ、大魔王であるこのワシ宛てであろう？

何をわかりきったことを……、と読み進めてみたら、そこに記してある名前に驚愕(きょうがく)した。

「これはああああああッ!?」

『魔王御一家様へ』

ワシ宛てじゃない、ワシ個人宛てではない!?

しかし……!?

「魔王御一家、というからにはアナタも含まれているんじゃないですか？　何しろアナタは魔王様のお父上なのだから……」

「ぐぬぬぬぬぬ……!?」

「でも、この招待に応じるからには宛名通り一家で訪問しなければなりませんよね？　まず魔王様ご本人、その奥方たち、そしてその間にできた御子息とも……」

「ぐぬぬぬぬぬぬぬぬぬぬぬぬぬぬッ!?」

それでは、今まで頑なに距離を取ってきたゼダンどもと一緒に行かねば……。

「べ、ベルフェガミリア……、何故(なぜ)そなたが？　招待状を届けに来るのはレヴィアーサの役割では……!?」

「同じ四天王のよしみで代わってもらったんですよ。面倒くさいですけど」

横でゼダンとベルフェガミリアが話しとるが気にする余裕はない。

この神像を作った天才職人には絶対会いたい。でもそのためにはゼダンどもと一緒に……!?

ワシは、ワシは一体どうすればああああッ!?

「大魔王様」

「うおッ!?」

べ、ベルフェガミリア!?

何だッ!?

「魔王様は、アナタとの親子の絆を修復したいとお考えなのですよ。アナタのような父親の資格もないクズにはもったいない思いやりとは言えませんか?」

「うッ……!」

それはそうかもしれんが。

ワシにも、ワシにだって意地が……!

「アナタにも意地があるだろうと僕も静観してきましたが、魔王様がアナタをおもんぱかってここまで回りくどい搦め手を用意してくれたんです。アナタも譲歩してもいいでしょう?」

「それはそうかもしれんが……!」

「行け」

「はい……!!」

ワシはある事情からベルフェガミリアには逆らえんのだ。

コイツの一喝が最後の決め手になって、ワシはゼダン一家と共に、その地へ行くこととなった。

俺ですが。

ゴティアくんとマリネちゃんを、お祖父ちゃんに会わせるプランをまず皆で話し合うことにした。

色々情報を出し合った結果、エルロンたちの工芸品を買い取っている大口のお得意様が、なんとその大魔王であったと判明。

世の狭さを実感しつつ、それを上手く使えないかと思った。

「ウチの工芸品で釣るか」

という案でまとまった。

「大魔王さんとやらは美術品とか工芸品とかいうのが、とにかくお好みらしい。そして我が農場にはそういうのがたくさんある」

エルフが作る陶器、エルフが作る革製品、エルフが作るガラス製品、などなど。

作っているのがほぼエルフだが、とにかくそういうのをエサに誘き出せば、大魔王さんはきっと農場へ来るはずだ。

「そこでゴティアくんマリネちゃんを対面させる！　どうだろうか!?」

「よき案かと」

皆から承認を貰って早速実行に移すことにした。

まず招待状を書いて送る。

その仲介を魔王さんに頼んだが、魔王さんは『父を謀るようなマネはできない』とまず意図を明かしてからお誘いするという。

真面目な人だなあと思ったがそれが魔王さんの王才だ。

上手いこと話が進んで我が農場へのご訪問が決まり、一同誠意をもって迎えることとなった。

＊　＊　＊

今日が御来訪の日だ。

俺たちは転移ポイントで大魔王様をお待ちする。

魔国からウチの農場へ来るには転移魔法しかないので、このお出迎えスタイルはお約束だった。

俺の目の前で、転移魔法による空間のブレが起こったあと、逞しい体格の魔族が二人、現れる。

一人は魔王さん。……ならばもう一人の老けた方が問題の大魔王さんか。

「ようこそいらっしゃいました」

「うむ」

大魔王バアルさんは、親子というだけあって魔王さんによく似ていた。

当然、魔王さんより年上で、もはや老境の年格好だが、しかし体格はよく全身筋肉が盛り上がっている。

この人がケンカしたら二十代の若者にも余裕で勝つな、と思える逞しさだった。

「大魔王バアル様は、派手な遊興ぶりでも評判でしたが、それに合わせて武闘派の魔王としても有名だったそうです」

隣に控えるベレナが解説してくれた。

さすが魔族娘だけあって祖国の事情に詳しい。

「現役の魔王であった頃は、人魔戦争の最前線に立って怒聖剣アインロートを振るい、人族軍を数千単位で吹き飛ばしていたそうです。だから本国で派手に遊んでもなかなか意見できなかったとか……」

「有能なのか無能なのかわからん人だなあ……」

「有能ではありますが時々激しく無能。というのが大勢の評価だったようです。有能と無能が交互に入れ替わるとも……」

判断の難しい人だな。

そういう人だからこそ魔王さんも嫌いきることができず、ああして仲を修正しようと四苦八苦されてるんだろうが。

とにかく、そんな魔王さんの援(たす)けになれるよう俺も全力を尽くそう。

「ではまず母屋にご案内いたします。こちらへ……」

「うむ」

大魔王さんは『うむ』しか言わなかった。

口数が少ない人なのか、それとも緊張しているのか。

心の垣根を払って打ち解けるのはまだ難しい。

＊　＊　＊

母屋では、先んじて訪問していたアスタレスさんグラシャラさんの両魔王妃が待ち受けていた。

その胸には当然幼い子どもたちが。

「だ、大魔王様！　御機嫌麗しゅうございます！」

「ございます！」

舅にして国父とも言うべき相手に、さすがに万全の礼を示すのだった。

一兵卒から叩き上げのグラシャラさんは、礼儀作法に慣れてないので色々危うい。

「よい」

大魔王さんが手振りで制する。

そしてついに魔王子ゴティアくん魔王女マリネちゃん、祖父との対面である。

「この場所のことはゼダンより聞いておる。いかなる勢力にも属さず、確認もされていない場所なればそこはないも同じ。我らの会見も正式に存在しておらぬというわけじゃ」

「はは……ッ！」

「だからこそ承服した、それを忘れるでないぞ」

要するに『勘違いしないでよね！　これで仲直りしたわけじゃないんだからねッ!!』という主張ということか。

とにかくまずアスタレスさんが、大魔王さんの前へ進み出る。

「魔王ゼダン様より種を頂きました。魔王子ゴティアにございます」

「うむ」

アスタレスさんの手から一歳の幼児を受け取り、胸に抱く。

「ほほう、元気な盛りじゃの。小鹿のように暴れおる」

一歳のゴティアくんは、言う通り元気いっぱいで、大魔王さんの髭（ひげ）などを物珍しそうに摑（つか）んで引っ張らんとする。

「このように壮健で、妄聖剣ゼックスヴァイスの継承家系の母を持つ。魔王家の次代は安泰じゃの」

「恐れ入ります」

ゴティアくんを返して、次に向かい合うのは第二魔王妃グラシャラさんと、その娘マリネちゃん。

「ゼダンのヤツが二人目を持つこと自体意外であったが……。バカ真面目なヤツゆえにの。怨聖剣の継承家系であったか……？」

「あのいえッ！　アタシは分家の分家ですから、本家とはほとんど関係なく……！」

「そんな無名の一兵卒を四天王に引き上げ、なおかつ成果を上げたからこそゼダンの手腕が評価される。ワシにとっては口惜しいことであるがの」

一通りマリネちゃんを抱きあやしたあと、グラシャラさんに返還する。

「責任ある者にとって、世継ぎを生み育てることも重要な役割。お前はその辺まで完璧にこなしておるのゼダン」

「いえ、これは徹頭徹尾アスタレスとグラシャラの手柄です……！」

魔王さん畏まって言う。

ついに対面を果たした祖父と孫たちに、魔王さんは感涙に咽びそうになっていた。

「結局、お前に魔王の座を明け渡したのは正解だったのかもしれんな。お前は永遠に終わらぬものと思われていた人魔戦争を終結させ、人魚国とも友好を結んだ。お前の手腕で世界が平和に向かっておる……」

おお……！

いい流れだぞ。

今まで素直になれなかった大魔王さんが魔王さんの功績を認め、このまま和解の運びに……!?

「……もはや、魔国のことはすべてお前に任せ、この老体は完全に身を引いた方がよさそうじゃ。すべて好きなようにするがよかろう。だからワシは……」

大魔王様、駆け出す。

「この場所を好きなだけ見学してくる！」

「待ったぁーッ!?」

ドアを蹴破り脱出しようとする大魔王さんを、俺が寸前で食い止める。

「待ってください！　今日はアナタとお孫さんを対面させるために組んだんですよ！　なのに話もそこそこ部屋から出ようなんて、どういう了見ですか!?」

「そんなことだろうと思ったが、ワシの目的はあくまで、あの素晴らしい皿やら神像を作った現場を見ることじゃ！　そっちへ案内せい!!」

「するか！　その前にゴティアくんやマリネちゃんをもっと可愛がれ!!」

孫に直接接すれば途端に愛着が湧き、他などどうでもよくなるぐらいゴティアくんたちに首ったけになると思ったが、そんなことなかった。

このジジイ。

自分に興味のあることにしか興味がない!?

「うるせえええ!!　ワシは大魔王だぞ偉いんだぞ！　ワシの言うことを聞いてお前の抱える職人根こそぎワシに寄越せ!!　最高の作業環境を用意してやるから!!」

「サラッと要求上げてんじゃねえええええッ!?　お前が放置していた分だけゴティアくんたちをしっかり溺愛しろ！　それまでこの部屋から一歩も出すかあああッ!!」

『有能であり、かつ激しく無能』という大魔王さんへの評価を激しく実感できた。

俺と大魔王さんは、部屋から出す出さないの主張をぶつけ合って激しい小競り合いを繰り広げた。

それらを眺めて、魔王さん御一家が揃って苦笑いを浮かべるのが見えた。

「聖者殿……、いいのだ、親父殿がそういう御方なのは息子の我が一番よくわかっている……!!」

仕方ない。

こうなったら最後の手段だ。

「先生、お願いしまぁす!!」

『承知ですとも』

こんなこともあろうかと待機してもらっていたノーライフキングの先生にお出ましいただき……。

……またいつものように神を召喚してもらった。

今回呼び出したのは魔族の絶対主、冥神ハデス。

「ぬおおおおお――――ッ!?　このうちにある神像にそっくりな御姿(おすがた)は、まさか……!?」

ハデス神を目の当たりにして大魔王さん、大いに恐れおののく。

そんな大魔王さんを、神は目の仇(かたき)のように睨(にら)みつけ……。

『いいか……、浮気なんて、最低だ!!』

懇々と説教し始めた。

当初、案の一つとしてあったのが、『冥神ハデスを召喚する』作戦だった。

王より上で何があるかと言ったら神。

なので魔族の神様を呼んで命令してもらえば、大魔王と言えど従わないわけにはいかないだろう。効き目は抜群と思われた。

しかし、どんな理由があるにしろ強制はよくないことだし、神様にしたっていちいち呼びつけては失礼だ。

だから『あくまでそれは最後の手段』ということで最初は大魔王さんの良心と肉親愛を頼んで発進したんだが、期待は見事裏切られた。

なのでハデス神を呼んで説教してもらうことにした。

『お前はダメな魔王だなあ？』

唯一、大魔王にダメ出しできる存在、冥神。

『え？　大魔王？　どっちでもいいわ。お前の息子は本当によくできた魔王で「歴代最高の魔王」の称号を与えてやったのに、一代遡るだけでこのザマよ。恥ずかしくないのか？　そもそも魔王というのは全魔族を我が子のように慈しむ存在ではないのか？　それなのに血の繋がった孫すら愛してやれないとは情けない。余だって地上に生きる全魔族を我が子のように慈しんでいるというのに。

それに聞いたぞ？　お前、六人も妻を持っていたそうだな。この愛妻一筋ハデスの庇護を受けながらどういう了見だ？　女を手あたり次第などゼウスの真似事をして魔族として恥ずかしくないのか……!?』

懇々と説教してもらった。

おかげで大魔王さんはすっかり精神的ボコボコにされてやつれてしまっていた。

「ゼダンよ……！」

息子夫婦とその子どもたちの前にひざまずく。

「ワシが悪かった……！　冷たく接してしまったこと、どうか許してほしい……！」

「そんな親父殿！」

明君の魔王さん、即座に自分も膝を折る。

「親父殿の微妙な立場はわかっているつもりです！　それなのに無理強いするようなマネを……！」

「いいのだ。意地を張っていたワシがすべて悪いのだ。これからは親子家族として互いを大事にしていこう……！」

こうして魔王大魔王の親子仲は無事修復されたのであった。

神の強制力によって。

「さて、じゃあいよいよエルフたちの工房を見せてもらおうかの？」

「おぉいッ!?」

大魔王強い!?

あれだけ精神的にボッコボコにされてもまだ欲望を失わないのか!?

『タフさは間違いなく魔王級だのう』

ハデス神からの余計なお墨付きを頂いた。

「ゼダンも来い！　現役魔王であるお前も共に魔族の文化向上を目指していくのだ！」

「はい親父殿！」

和解したから魔王さんまで巻き込んで!!

よりパワーアップした大魔王さんを、止めるのは不可能っぽい!?

仕方ない。

じゃあご案内しましょう、我が農場の工芸品制作現場へ……。

「あ」

そうだ忘れるところだった。

「ハデス神、今日は来てくださりありがとうございました。用は済みましたので、速やかにお帰りください」

『神の扱い雑くね？』

さすがにこのままお帰りいただくのは無礼極まりないので、用意してあるご馳走(ちそう)を召し上がっていただくことにした。

＊　＊　＊

そして大魔王さんを案内して移動。

ついに到着しました。ここが我が農場、エルフたちの工房ですよ。

「おおおおおお……！」

大魔王さんが見るなり感嘆の声を上げた。

工房では今日もエルフたちが日常使いの道具を丹念に作り上げている。

「屋根の下に留まることがないというエルフが、こんなにも勤勉に!?　信じられん光景だ……!?」

「今作ってるのは、革製のハンドバッグですねー。パンデモニウム商会のシャクスさんからの注文です」

「パンデモニウム商会!?　あやつら、ここと繋がりがあるのか!?　一言も言っておらんかったぞ!?」

そういう約束なんで。

商人さんは口が堅くないと続けていけませんからなあ。

「しかし何にしろ素晴らしい工房だ！　勤めるエルフごと根こそぎ買い取るには、どれだけの金を出せばいい!?」

「のっけから値段交渉に入らんでください」

何でも金と権力で我が物にしようとするな。

この強引ぶり。

こっちの方が典型的で『いかにも』な魔王のスタイルなんだろうな。

ゼダンさんは魔王としても人格者すぎるのだ。

そのありがたさを常に忘れないようにしないと。

「前向きに検討してくれないか？　魔族の文化水準向上のため、彼女らが必要なのだ！」

エルフたちの作品は数多く魔都に出回ってますし、既に文化的貢献してると思いますけど……。

「どうしてもって言うなら本人たちに直接交渉してみたらどうです？」

「いいのか!?　では早速……！」

勇んでエルフたちに突撃勧誘する大魔王。

だけどもエルフたちの回答は誰も彼も皆同じ。

「農場より美味しいご飯が食べられるところにしか移住しません」

とのこと。

その返答に、大魔王さんは当初楽観的だった。

「なんだそんなことか！　問題ない、この大魔王お抱えのコックが毎日最高の料理を振る舞うであろう！」

「ダメですね」「却下」「論外」「お題目だけで無理だということがわかる」

「なにぃいいいい～ッ!!」

大魔王さんとしては最上級の条件を出したつもりなのだろうが、ここに住むエルフたちにとっては何の魅力にもならなかった。

参考までに大魔王さんを台所に連れていき、ハデス神と並べて我が農場の料理を一部ご馳走すると……。

「勝てないぃ――――――――――ッ!!」

テーブルの前に崩れ去った。

「ここは、工芸品のみならず料理まで一流以上だというのか……! 美味しい、美味しい……!」

テーブルに突っ伏しながら、ありあわせのサンドウィッチを頬張る大魔王さんでした。

「まあ、エルフたちの仕事現場だけでもなんなので、他のも見ていきます?」

「他にもあるのか?」

クリエイティブ部門と言えば、エルフ工房の他にもう一つある我が農場の名物。

バティの被服部屋。

農場留学制度が始まって住人も一段と増えたから、今も彼女は大忙し。

「ほほう? ここでは魔族が作業しておるのか?」

自族を見つけてなんか誇らしそう。

その辺に無造作に並べてあるバティ製の完成品を眺めて……!

「……ん? これはもしや、ファームブランドの衣服ではないか!? 今魔都で一番人気が高いという!?」

お気づきになりましたか。

さすがお目が高い。

「もしや、この小娘がトップブランドの職人だというのか!?　ワシの下で働く気はないか!?」

だから即座にヘッドハンティングするの遠慮してくださいませんかね?

天下の大魔王様にスカウトされたバティ。

ミシンの駆動音をしばし止め、このＶＩＰに向き直る。

「『アナタの下で……』と問われても、私は元々魔王軍に務めていた退役軍人ですから」

「おお、それでは、あるべき場所へ帰るという意味でも……!?」

「私が魔王軍に入りたてだった頃は、まだバアル様が魔王でしたけども、命令系統適当でしたよね……。無計画な進軍で何度死にかけたことか……。アスタレス様に見出されて副官になってなかったら本当に死んでましたよ……」

「おお……!?」

「ゼダン様が魔王となられてから計算された無茶のない行軍を経験して、『先代って本当に適当だったんだな』って実感が伴いまして、また大魔王様の下で同じ大変さを味わう気にはどうにも……!」

「あの……!　いや、申し訳なかったな……!」

少女の頃から入隊した叩き上げの元兵士バティ。

付くべき上司を嗅ぎ分ける嗅覚はしっかり鍛えられていた。

＊　＊　＊

こうして悉（ことごと）くスカウト失敗した大魔王さん。

屋外で黄昏（たそがれ）ていた。

「……ここはいい場所だな」

「左様でしょう親父殿」

魔王さんも隣に並んで一緒に黄昏ている。

父親の悲壮を共に耐え抜こうと律儀な人だ。

「そして同時にわかったのは、ゼダンよ、やはりお前の治世の方がワシより優れていたんだな……！　身に染みてわかった。ゼダンよ、ここの扱いも含めて、これからのことはすべてお前に任せるとしよう」

「親父殿……!?」

こうして魔王親子の仲は完全に修復された。

……ということでいいのか？

「お任せください！　このゼダン当代の魔王として、親父殿一番のご懸念もきっと解決してみせましょうぞ!!」

「おお、息子よ……！」

とりあえず、このあと晩餐（ばんさん）で互いの家族が卓を囲み、和やかな晩餐を過ごした。

新たに始められた農場留学制度。

人族魔族人魚族から将来ある若者を集め、各勢力の交流をしつつ未来を担う人材を育成していこうという試みだ。

この企画のおかげで農場の平均年齢がグンと下がり、また同時に農場の人口分布に大きな影響が与えられた。

魔族も増え、人魚族も増え……。

そして人族も増えたことが、あの事件の発端となった……!?

＊　＊　＊

「好機だわ!!」

レタスレートが俺へ宣言しに来た。

元人間国の王女のレタスレートである。

「好機って何がだよ？」

俺はその発言に不穏なものを感じ、身がまえた。

レタスレートは亡国の王女。

魔王軍によって滅ぼされた人間国のお姫様で、本来処刑となるはずだったのが、ここにいる。

断頭台の露と消えるところを、敵である魔王さんのお情けによって生き永らえた。

そして流刑というか幽閉という形で、ここにいるのである。

残りの人生ここで静かに過ごすという約束の下、安全が保障されているというのに。

自分から反故にいくという愚かなマネをすまいな？

「ほらほら！　こないだから留学生とか言って若い子がたくさん来てるでしょう!?」

「キミも充分若いよ？」

「あの子たちにアピールするのよ！　今までは、こんなド田舎で外界と隔絶されていたけれど、ついに接触の機会が巡ってきたのよ！　あの子らを第一歩にして、世界支配が始まっていくのよ！」

オイオイオイオイ。

やめてほしい。

本当にこの子、ちょっと危険な思想を持っただけで死刑執行されかねない微妙な立場にいるんだから。

常に穏当に済ませたい俺の前で、危険なことを嘯かないでほしい。

「いや、あのね？　キミの国はもう滅びたんだから今さら巻き返しなんか図っても……!?」

「豆で世界を支配するのよ！」

「んッ？」

なんか予想したのと方向性が違う？

「農場で出会いし素晴らしきもの、豆！　それを学生たちにも食べさせたら味の虜になるわ！　いずれ口コミで広がっていき、最終的には世界全体が豆の虜となるのよ！」

「それがキミの野望？」

「いえーす！　ざっつらい！」

全然俺の取り越し苦労だった。

移住当初はお姫様らしく高飛車満点だったレタスレート。しかし日が経つごとに生活に慣れ、角が取れてただの働き者にクラスチェンジしていった。

もはや豆を育てることしか頭にない豆信者。

無害そのものであった。

「早速実行に移るわよ！　留学生の子たちに豆を食わせ、豆信者にしてやるんだからー！」

ここまで無害な野望だったら、口出しするのも野暮だから生暖かく見守ってやるとするか。

果たしてレタスレートの思惑通りにいくのか？

＊　＊　＊

結論から言って……。

まったく思惑通りにいかなかった。

豆を勧められた留学生一同は、ことごとく拒否。

その理由としては……。

――『だって肉の方が美味(おい)しいし』

――『私はケーキの方がいいです』

――『オレは酒』

などなどと皆、豆より好きな食物があったので。

ん？　酒？

まあ、いいや。

そしてそれを受けて……。

「うわあああ――ッ!!　えひゃあああああ――ッ!?」

レタスレート、号泣。

余程悲しいのか仲良しのホルコスフォンの膝で泣き濡(ぬ)れている。

「よしよし、よっぽど悲しかったのですね」

天使ホルコスフォン、朋友(ほうゆう)レタスレートの頭を撫(な)でる。

「豆美味しいのにぃーッ!!　おいじいのにいいいい――ッ!!」

豆をバカにされて心底悲しいようだった。

レタスレートの、この豆愛はどこから来るのか。

「私にとっても憤懣(ふんまん)やるかたない思いです。豆への侮辱は私とレタスレートへの侮辱……！」

そしてホルコスフォンまでなんか燃えておる……!?

「豆は偉大なのです。発酵させて納豆にすればさらに偉大です。……マスターここは、あのモノを知らぬ若造たちに豆の底力を思い知らせたく存じます」

「そうよ！　豆は美味しいんだって、ちゃんと伝えたいんだわ!!」

レタスレートまで泣きながら叫ぶ。

「私の全存在を懸けて成し遂げてみせる!!　豆は美味しい！　最強の食材だと知らしめるのよ!!」

ここに来て俺は悟った。

ああ、あの日あの時に会った高飛車いっぱいのお姫様はもういないんだな、と。

ここにいるのは既に、豆に魂を捧げた戦鬼一人。

『豆を世に広める』という野心に取りつかれたレタスレートなのだと。

「協力してセージャ！」

「協力してくださいマスター」

はいはい。

俺もまた農場に豆ムーブメントを巻き起こす片棒を担がされることになった。

じゃあ、どうしようか？

農場に来ている留学生たちは、留学という目的に即してほぼ十代。ピッチピチの若者たち。

豆よりもずっとわかりやすい美味しさの肉やら砂糖たっぷりスィーツやら酒やらに興味を引かれるのは当然だ。

そうした手強い競争相手を制して、豆が若者たちのスターダムに伸し上がることができるのか？

「これは余程の工夫が必要だぞ……!?」

まず案として浮かんだのは、豆を何らかに加工すること。

肉もスィーツも、元々の食材を原型留めぬぐらいに加工して、味も見た目も整えているんだから、豆も同じだけ加工してやっと同じ土俵に立てる、と言えるのではないか？

「豆を加工してできるもの……!?」

豆腐ハンバーグ？

これこそ肉と完全に同じ土俵に立つようなものだが、あくまでハンバーグと言えば肉。

豆腐ハンバーグと言えばヘルシー志向で、ただひたすらカロリーのみを追い求める十代とは趣向が合わなそうだ。

「じゃあ他に……!?」

あ。

待て、今さっき答えが出たじゃないか。

「豆腐」

豆腐ハンバーグからハンバーグを取って豆腐。

豆腐こそ大豆加工食品の代表作の一つ。

味噌、醤油などは既に生産済みだが、意外とまだ作ってなかった豆腐。

前二つが調味料に属して、豆腐は食品そのものであることもポイント。

正直豆腐が若者にウケるか？って聞かれると強気にはなれないんだが……。

よかろう。

ここはいよいよ異世界農場、豆腐作りに着手しようではないか。

「マスター、納豆はどうでしょう？」

これ以上結論が出ないままだとホルコスフォンの納豆案に押し切られそうなので。

企画スタート!!

＊　＊　＊

「ではこれより豆腐を作りまーす」

「「わー」」

長い長い前置きを経て豆腐を作り出すことになった。

豆腐の材料は大豆だ。

作り方は、前いた世界でテレビや漫画から仕入れてた気がするから多分大丈夫。

レタスレートが愛情注いで育て上げた大豆を使って、最高の豆腐を作り上げてみようではないか。

まず、大豆を水の中にぶっ込んで放置。

豆が水を吸ってから煮る。

煮立ったら水と一緒のまま大豆を潰す。

そして布にくるんで搾り、搾り汁と搾りかすに分ける。

……で、よかったかな？

ここまでは順調なはず。

「おおお……！　セージャの深遠な知恵がまた炸裂してるわ!?」

「どんなものが出来上がるか皆目見当がつきませんね……!?」

事の発端になったレタスレートやホルコスフォンが見学しながら感嘆していた。

コイツらが言い出しっぺなのに俺だけ働かせてどうかと思ったがさすがにこんな初めてのことばかりで手伝いできることもないだろう。

さて、潰して煮詰めた大豆を搾り、搾り汁と搾りかすに分けるところまで来たわけだが……。

「搾り汁の方が豆乳。搾りかすが、おからってヤツだな」

これらはそれ自体が食品として有名だ。

豆腐ができるのは豆乳の方から。

おからはもういらないので、どうしようかな、と思っていたら。

「わんッ」

「ん？」

いつの間にか足元にポチがいた。

犬型モンスターでウチに住んでいる。

「なんだ？　おからが欲しいのか？」

「わん！」

そうか。

始末に困っていたので、望み通り与えるとしよう。

ポチは嬉しそうにおからを食い漁り、その匂いに釣られてポチの仲間の犬型モンスターもたくさん集まってきて、おからを貪る。

ヨッシャモたちまで来る。

そういえば前の世界では家畜の飼料としておからが使われているという話を聞いたことがある。

農場の動物たちにも新メニューができて食卓が賑わうということか。

めでたい。

「……で、肝心のトウフっていうのは、こっちのスープの方から出来るの？」

レタスレートが質問する。

彼女曰くスープと形容されたのは、煮潰した大豆を搾って出た汁、豆乳のことを言っているのだろう。

「そうだよ、この豆乳を固めて豆腐の完成だ」

だったはず。

「このままでも行けるんだよ？　豆乳ってのは飲み物としても栄養満点で美味しいから。ほら、ミルクみたいでしょう？」

「栄養ねえ……、飲んだら何かいいことでもあるの？」

やはり栄養学の発達していないこの世界で『健康にいい』という触れ込みはピンと来ない。

この世界の人々にとって食べ物とはやはり、お腹が膨れてなんぼのものなのだろう。

あと美味しいかどうか。

「んー、豆乳にはイソフラボンとかいう栄養素があってー？」

「何それ呪文？」

まあ、この世界の人はそう思うだろうな。

俺も聞きかじりの知識でしかないが、大豆に含まれるイソフラボンなる栄養素は女性ホルモンに酷似しているらしく、体内に入ると女性ホルモンと似た働きをするとかなんとか？

「だから、豆乳をたくさん飲むと……」

イソフラボンをたくさん摂取すると……。

「……おっぱいが大きくなる？」

女性らしい体を形成するのが女性ホルモンの役割だからね。

おっぱい大きくなるし、尻も丸くなるだろうよ。

そう言った瞬間だった。

俺たちの周囲に大軍が並び立った。

「ひぃッ!?　何ッ!?」

いつの間にこんなにたくさん現れたのか？

接近さえも探知できなかった。

俺たちを包囲するかのごとき大量の人垣。その特徴は、やたら女性率が高いこと。

人垣を構成する約十割が女性。十割。率が高いどころか女性しかいなかった。

「聖者様に質問があるのですが……！」

「なんだい？」

包囲網を形成する女性の一人から問われた。

若い。

恐らく留学生の一人だろう。

「本当ですか!?……その霊薬が、おっぱい大きくする効能があると……！」

と言って出来立てほやほやの豆乳を指さすのであった。

「え……？」

それでようやく得心した。

この突如として現れた女性集団。一人一人の共通した特徴としておっぱいが小さい。

貧乳……、もとい謙虚な胸集団!?

その無念と執念が、彼女らをここへ呼び寄せたというのか!?

「聖者様！　私にもその霊薬を一口!!」

「それで巨乳になれるなら！」

「もう彼氏に、胸を見るたび溜め息つかれるのは嫌なんです!!」

切実な感情と共に押し寄せてくる!?

そんなに巨乳になりたいのかキミたち!?

「いやでも、ダメだよこの豆乳は、豆腐にする予定の大事な材料なんだから!!」

無駄にはできぬ!

ここはさっさと豆乳を固めて豆腐を作ってしまおうと。

そう決意して行動に移そうとし、ハタと思った。

「どうすれば豆乳を固めて豆腐にできるんだ……!?」

と。

テレビの受け売り知識で豆乳を作るところまでは来たものの、そこからがあやふやで思い出せなかった。

豆乳をどうすれば豆腐に固まるんだ？　普通に待っていれば固まるのか？

わからない。

わからないまま放置してももったいないと思ったので。

とりあえず豆乳は謙虚な胸軍団の女の子たちに望み通り与えた。

異世界豆腐作り。

つづく。

引き続き、異世界での豆腐作りに挑戦中の俺です。

前回は大豆を砕いて煮上げ、豆乳とおからに分けるところまで進むことができました。

しかしその先へはまだ進めない。

搾り出した豆乳を固めたら豆腐が出来るはずなんだが、どうやれば豆乳が固まるのか、記憶を探っても出てこなかった。

「ここだけ記憶があいまいだなあ……!?」

色々と方法を探ってみることはできる。

時間が経てば自然に固まる？　そんなことはなかった。

豆乳は時間を置いても豆乳のままだし。そうでなきゃ豆乳が飲み物として成立するはずがない。

では他に何がある？　凍らせる？

たしかに固める手段としては率直だが、凍らせても結局凍った豆乳になるだけで豆腐にはならなかった。

失敗して無駄に産出された豆乳とおからは、それぞれ謙虚な胸隊とポチたちが貪ってくれました。

さらに思案を広げ、豆乳を凝固させるための特殊な薬品でもあるのかな……？　と考えたところで、ピンと閃いた。

「あッ……!?」

脳裏に浮かぶ、その特徴的な名前の響き……。

「にがり、だ」

にがり。

それが豆腐作りに必要なものだと聞いたことがある。

詳しくは覚えてないけど、豆乳を凝固して豆腐に変える凝固剤それこそがにがりではないか。

きっとそうだ。

よしでは早速にがりを用意しよう！

「どうやって!?」

名前だけわかったものを、どうして得られるというのか。

異世界にはネット検索なんてないんだから、名前入力して『ハイ出ました』なんていかないんだぞ！

ここはもっと知恵を絞らなければならないようだ。

……にがり、というのが何か海と関係のある印象は残っている。

きっと海水を何らか加工して作るものだろう。

そして海と言えば、俺には強力な味方がいるじゃないか！

＊　　＊　　＊

「えーと、こういうのでいいのかしら？」

我が妻プラティは、海がホームの人魚族にして、魔法薬のエキスパート。

俺の漠然としたイメージで海水と魔法薬を調合し、異世界にがりを作り出すことも容易だった。

そして本当に作れた！

「ありがとうプラティ！　さすが！　天才！　愛してる!!」

「やーん、旦那様からそんなにおだてられると空を泳ぎそうだわー。……私も愛してる」

ジュニアを挟んで愛妻と抱き合ってから、早速プラティ謹製異世界にがりを豆乳へ投入する。

固まった。

ついに豆腐らしきものが異世界にて形になった!!

固まった豆乳を切り分けて、豆腐っぽい形にして皿へ。

「何この白いの？　今まで食べたどんな食べ物にも似た印象がないんだけど、食べられるの？」

「まあ落ち着いて」

製作過程上、完成した瞬間から居合わせたプラティと豆腐試作品を見下ろす。

まずは味見だ。

見た目上はしっかり出来上がった豆腐でも味が整っていなければＮＧ。

料理は、何より味が大事だから。

「まずは冷奴（ひややっこ）としていただいてみよう」

一番簡単だし。

ただの豆腐の上に、削り節、刻みネギ、おろし生姜(しょうが)をぶち込んで醤油(しょうゆ)をかけて……。

箸で一口大にとって口に運び……。

「美味(うま)い！」

大成功!!

豆腐は異世界に無事再現を果たした！

「はぁー、独特な食感ねえー！」

プラティも一口食べて感嘆。

「柔らかくてフワフワでとっても食べやすいわ。こんなに柔らかいならジュニアが乳離れした時の初めのごはんに使えそう！」

プラティが、ジュニアを産んで母親視点になっている……！

「トーフ自体に味はないけど、だからこそどんな他の味とも合って取り合わせを楽しめるわ！　一緒に合わせた鰹節(かつおぶし)もネギも生姜も美味(おい)しい！」

好評だった。

「よしでは、どんな食品とも合わせられる万能食材豆腐の次なる可能性を見てみよう！」

鍋で水を熱する。

出汁(だし)を取って味噌(みそ)を溶き、そしてサイコロみたいに切り分けた豆腐をボトボト入れて……！

「豆腐の味噌汁でーす！」

豆腐料理の定番！

常温の冷奴も美味いが、味噌汁と一緒に温めた豆腐のよさも味わってくれい。

「これは……!?」

豆腐の味噌汁を見たプラティ、何故か蒼白の表情。

どうした？

「旦那様……、アタシ知ってるわよ……！　何しろ味噌を開発したのはこのアタシなんだから……!!」

ん？

「味噌って……、大豆が原料でしょう!?　大豆で作った味噌のスープの中に、大豆で作った豆腐を入れる……!?　つまりこのスープは１００％大豆!!」

そこに気づいてしまったか……。

「これだけ手の込んだことをしておきながらアタシは結局大豆しか食べていないという……!?　まるで知ってはいけない世界の秘密に気づいたようだわ!?　ああッ、そういえばさっき冷奴に掛けた醤油も、元は大豆!?」

ダメだプラティ！

それ以上深く考えては！

大豆に囚われるぞ！

そんな感じで俺とプラティは豆腐料理を美味しく完食した。

また一つ農場に食材が加わって食生活が豊かになるなあ、と思ったが、何か大事なことを忘れていることに気づく。

ああ、そうだ。

そもそもなんで豆腐を作ろうって話になったか、だ。

豆大好きレタスレートとホルコスフォンから『ナウなヤングにバカ受けする豆製品を開発して!』と頼まれたからだ。

完成した豆腐が果たして『ナウなヤングにバカ受けする』かどうか断言できないものの、せっかく完成したんだから見せに行こうぜ! とあちこち探してみたら……。

＊　＊　＊

「……お?」

なんか向こうが騒がしいな。

大歓声に交じってレタスレートの声も聞こえる気がする。

試しに声のする方に行ってみたら。

「大きいおっぱいは好きかーッ!?」

「「「「おおーッ!!」」」」

「大きいおっぱいになりたいかーッ!?」

「「「「おおおーッ!!」」」」

……。

レタスレートがいた。

なんか大勢の女性群衆の前でアジっていた。

「この豆乳さえ飲めば！　アナタも巨乳の仲間入り！　彼氏から溜め息つかれることもない!!　大豆の力は偉大なの!!　さあ、豆乳を飲みましょう!!」

「「「「うおおおおおおおッ!!」」」」

大盛況となっている。

大きいおっぱいを夢見る乙女たちが、レタスレートの掲げるジョッキ並々に注がれた豆乳へ群がっていた。

「マスター」

「おおッ！　ホルコスフォン!?」

その横でホルコスフォンが煮上げた大豆をすりつぶして豆乳を作る作業に没頭していた。

「マスターの開発してくださった豆乳は大成功です。飲めば胸が大きくなる霊薬として人気沸騰しています」

「だから霊薬じゃねえって!!」

どうやらレタスレートとホルコスフォンからの依頼は、豆乳を完成させた時点で達成されていたらしい。

悩み多き女の子たちに、豆パワーが覿面に効いていた。

まだ育成途上の留学生たちだけでなく。

「私にも！　私にもおっぱい大きくなる霊薬を……!!」

エルフチームの胸周りが可愛い子たちとか……!!

「うおおお！　あれで私もアスタレス様みたいにいいいいいッ!!」

魔族コンビの一方ベレナとか。

「皆さん落ち着きなさい！　こんな怪しい品物は、まず先生が試します！」

人魚のカープ先生まで!?

老若に問わず人気となっている豆乳。

まさにレタスレートはご満悦だった。

「これが豆の力よ!!　私はいつの日かこの豆の力を世界中に知らしめてやるのよー!!」

レタスレートに、また新しい目標が開設されていた。

人間国復興はもういいのかとツッコみたいところだが、すぐ目的を見失って一生懸命になるのは彼女のいいところなので放置した。

あとで豆腐も食べてもらったが、これも好評だった。

＊　＊　＊

あと……。

「ご主人様ー、豆乳って生臭いなー」

「ヴィール!?　お前もこっちにいたのか!?」

ドラゴンのヴィールが豆乳騒ぎの方に加わっていた。

珍しく料理作りに顔出さないと思ったら!?

「豆乳でおっぱい大きくなって、おれもジュニアにおっぱいを与えるのだー」

そんな野望を!?

わたしはブラッディマリー。

栄誉あるグラウグリンツェルドラゴンよ。

『グリンツェル』は竜たちの言葉において『皇女』。

『グラウ』は竜たちの言葉において『正統なる』を意味するの。

つまりグラウグリンツェルドラゴンとは『正統なる後継者としての皇女竜』を意味する称号なのよ。

本来『グラウ』の称号を関する栄誉があるのはグラウグリンツドラゴンであるアレキサンダーお兄様だけだけれど、あの御方が後継者争いから身を引いている以上わたしが名乗ったって仕方のないことよね？

というわけで、わたしこそが名実共にガイザードラゴンとなるべき最強竜なのよ！

＊　＊　＊

……と思ったのも束の間。

『んなこたーない』と徹底的にやり込められたのはついさっきの話よ。

アレキサンダーお兄様どころか抜け駆けで新ガイザードラゴンとなった何者かどころか。

まったく関係ない妹竜のヴィールに手も足も出ず、惨敗した。

何なの、あの竜は？

元々ヴィールといえば現世代のドラゴンで十指に入る程度の強豪であることは知っているわ。

それでもトップクラスのわたしには遠く及ばなかったはず、この短い間に何が起こったというのよ？　あの子に？

しかもそれ以上に憂鬱なのは、まさかこのわたしが危ういところを助けられた、ということだわ。

自分自身の危機を、自分以外の力で救われるなんて。

それこそまさに弱者のありようじゃない！

最強種族ドラゴンの、その中でも最強格であるこのわたし、グラウグリンツェルドラゴンのブラッディマリーが何たる不覚！

わたしに弱者の屈辱を味わわせたヴィール！　許せないわ！

そしてもう一人、したり顔で私を救ってみせたアイツも！

アードヘッグ！

新たにガイザードラゴンとなったかどうか知らないけれど、わたしに情けをかけるなんて思い上がりもいいところだわ！

その気紛(きまぐ)れをいずれたっぷり後悔させてやる！

「……あ、あのマリー姉上？」

そのアードヘッグ当人がおずおずと尋ねてきたわ。

「何よ？」

「何故先ほどから、そんなに睨みつけているのです？　せっかくの楽しい宴ではないですか。もっと朗らかにですね……？」

そう。

今はこのアードヘッグとやらがガイザードラゴンになった祝いの宴とやらが開かれている。

わたしはそれに乗り込んで無茶苦茶にぶち壊してやるつもりだったのに、今では何故か一緒に御馳走になっているわ。

向こうでは真最強アレキサンダーお兄様や、何故か先代ガイザードラゴンのお父様まで……!?

「父上！　ちゃんと野菜も食べなさい！　好き嫌いしては食べ物に申し訳ありませんぞ！」

「嫌だおれは肉だけを食べ続けるのだ！　そんなに野菜が好きならアレキサンダーが全部食べればいいじゃないか！」

なんであの二人、あんなに和気藹々としているのよ!?

アイツらが仲たがいしたから大混迷の後継者争いが勃発したんじゃないの!?

「まあまあ、仲よきことはいいことではないですか」

アードヘッグが取りなすように言うわ。

ガイザードラゴンになったというのに、他者に気を使うなんて支配者としてなっていないわね！

「おれは、マリー姉上とも仲よくしていきたいのです。それが新しいドラゴンの在り方だと思います。姉上はどう思われます？」

「仲よくッ!?」

もう何なのよ!?

そう言われるだけで顔中が熱くなって何も言えなくなってしまうわ！

でも何か言わなきゃ、強者として！

「わ……」

「わ？」

「わからないわ！……仲よくするなんて……ッ！」

わたしはドラゴン。

常に強者として自分以外の者を圧倒するのだから、他者への気遣いなんて生まれてこのかた持ったことがないのよ！

「だからわからないのよ。仲よくなる方法なんて……!?」

そっぽを向いて拗ねるようなわたし。

そんな姿にアードヘッグはさぞかし失望したことでしょう。

こんな情けなさを晒してグラウグリンツェルドラゴンなどとは片腹痛いと……!?

「ふッ、お困りのようね……！」

「何者!?」

そこへ現れたのは……ニンゲンの女？

下等な人類風情がドラゴンの会話に割って入るでないわ！

「アタシの名はプラティ。最近一児の母となってより人生経験を積んだ大人の女よ！」

「いちじのはは!?」

そういえば！

今その女が抱きかかえている物体は……。

もしかして、赤ちゃんというヤツ……!?

わたしたちドラゴン以外の生物は、雄雌がかけ合わさって複製を作り出すと聞いたことがあるわ！

それがまさか、それ!?

「素直になれなくてお困りらしいじゃないの、お嬢さん？　だったらこのアタシが教授してやろうじゃないの！　人生の先輩としてね！」

「わたしアナタより確実に年上だと思うんだけど!?」

侮るでないわよわたしドラゴンよ！　見た目と年齢がまったく違うのよ！

「で、何を教えるかというと……！　色仕掛けよ！」

「いッ!?」

色仕掛け!?

「女が男と仲よくなろうとしたら、その方法は色仕掛け以外にあるだろうか？　いやない！　アタシもまた旦那様に激烈な色仕掛けをすることで結婚し、ここまでラブラブとなったわ！」

「そうだっけ？」

いかにもつがいらしい男から即ツッコミを受けているわよ？

大丈夫なのこのニンゲンの女？

「そこでこの大人の女が、何もわからずオロオロとしている後輩に経験を分け与えてやろうという話よ！　持てる者の義務ってヤツね！」

「上から目線だなあ……！」

つがいの男から呆れられているわよ!?

大丈夫なのホント、この人間の女!?

「そうね、まずアナタのやるべきことを具体的なお手本で示してあげるわ！」

そう言ってプラティとか言ったかしら？　この人間の女？

「では旦那様！　あーん……」

「あ？　あーん……ッ!?」

何なの今の動作は!?

プラティとかいう人間の女？　つがいの男に料理を食べさせたわ!?

ちょうど今は宴席、料理なんて見渡す限りあるけれど、それをなんで他人の手で食べさせるの？

まだ生きている獲物を捕食するならともかく、ただの料理を食べるなんて自分の手で充分可能じゃないの!?

「自分一人でもできることを二人でするからイチャイチャなんじゃないの！　ホラやってみるがい

いわ、出来たてホヤホヤのカップル！」

「出来たてホヤホヤ!?」

ま、まあいいわ！

下等な人間風情ができることを我らドラゴンができないなんてことも屈辱ですしね。

グラウグリンツェルドラゴンの誇りに懸けて、わたしがアードヘッグに『あ～ん』してあげようじゃないの！

「ほ、ほらアードヘッグ……！　あぁあ～～ん……ッ!?」

「こぶしきいてるなあ」

その辺にある料理をテキトーにぶっ刺して、アードヘッグの前に差し出すわ。

それを口の中に入れれば無事『あ～ん』完成なのに、どうして食いついてこないのアードヘッグ。

「いやだって……、マリー姉上のかまえが余りにも攻撃的で……!?」

どうしてなのアードヘッグ!?

フォークに刺した食べ物がこぼれてもいいように左手まで添えて、マナーに適（かな）っているでしょう!?

「切っ先に左手を添えるあのかまえ……、まさに牙突……!?」

煩（うるさ）いわね、そこのニンゲン！

「あッ、旦那様。口元にソースがついているわよ?」

「え?」

「もう拭いてあげるから動かないで。……あーもー服にまでついて……!?」

またあの夫婦がイチャつきだしたわ!?

……なるほど、ああいうやり方もあるということね。

では早速わたしも実践よ！

アードヘッグの口元を布で擦り取ればいいだけ！　簡単じゃないの！

「アードヘッグ口元にソースがついているわ!!」

「もごごごごごごッッ!?」

プラティのヤツは『動かないで』と言っていたわね！

だったら最強種ドラゴンは、口で勧告するのを飛び越して実力行使で行くわ！

手を取って拘束して……そこまでやってこそドラゴンの実行力よね！

「昭和ドラマであったクロロホルムで昏睡させて拉致ろうとする人!?」

煩いわね外野からのツッコミ！

でもこれも何か間違っていることはわかるわ！

一体どうしたらいいのかしら!?

「やっぱりドラゴンは常識の通じない大バカ野郎どもね……ッ!?　ヴィールで大体察しはついていたけれど……！」

「プラティ言い方……!?」

「ならば究極最後の手段、ハグよ！」

「んほぉおおおおおッッ!?」

あああああああああッッ!?

何なのあのニンゲン女!?　つがいの男に抱き着いたわあああッ!?

こんな人前で破廉恥な!?

肌が！　肌が直接触れ合っているうううううッ!?

し、しかしそうね!?

相手に好意を示すならそれぐらいやるのは当然って言うことね!?

ならばわたしも気合を入れて！

「アードヘッグ！」

「ぐわあああああああああッッ!?」

あれッ!?

なんで吹っ飛ばされたの!?

勢いが強すぎたから!?

ダメだわハグするというならちゃんと両手で挟み込んで締め付けなければ！

ああッ、吹き飛ばしたアードヘッグが重力に引かれて錐もみしながら落ちてくるわ！

よし、落下のタイミングに合わせて今度こそ抱きしめて……。

「ぐわあああああッ!?」

なんで!?

また弾き飛ばしてしまったわ!?

くそ、今度こそ落下のタイミングに抱きしめて……ッ!?

「ぐわあああッ!?」

「ぐわあああッ!?」

「ぐわああああああああああッ!?」

どうして何度やっても弾き飛ばしちゃうのッ!?

「あの動き……、ハリケーンミキサー……ッ!?」

ダメだわ……!?

どうしてあのニンゲンの女のように色っぽくいかないの!?

所詮ドラゴンのわたしは大味で、ニンゲンどものように器用にできないのだわ!

そうよ! わたし最強種ドラゴンが人間の真似事をしようなんてのがそもそもの間違いなのよ!

最強種は奪って破壊し、蹂躙する!

そうするだけで充分なのよ!

慕う必要もなければ慕われる必要もないんだわ!

今までのは一時の気の迷いよ!

「あッジュニアー、もうお昼寝からおっきしたのー? お腹空いた? おっぱい飲むー?」

その一方でニンゲンの女が何かし始めたわ?

ずっと抱きかかえていた小さな……ニンゲンの幼体?

静かだと思ったら眠っていたのね。

なんて脆弱(ぜいじゃく)な生き物なのかしら？

自分では満足に動き回ることもできずに、食べることも身だしなみを整えることも、身を守ることすら他者任せなんて。

ドラゴンはそんなこと考えられないわ！

……。

……でも。

これからドラゴンの在り方が変わっていって他の生物と同じようになっていったら、ドラゴンも自分の複製を雄雌とで作り出さないといけないの？

あんなふうに……？

「ね、ねえ？」

「ん？　何？」

「こ、子育てって大変じゃない？　だって自分以外の生命を丸々維持させるんでしょう？　ただでさえアナタたちニンゲンは脆弱で、自分自身の存命維持だって大変なのに」

「だからこそでしょう？」

何気なく言ったニンゲン女は、しかし圧倒的な威厳を伴っていた。

ドラゴンであるわたしすら圧倒する……？

「人類は弱いから、助け合っていかないと生きていけないの。助け合うことが当たり前で、それが一番自然な姿でもある」

「う……ッ!?」

「だからこうして誰もが赤ちゃんの時に、何にもできなくてパパやママがいないと生きていけないから意味があるのよ。ずっと前に自分もそうだったと知っていれば、いずれ自分が誰かを育てる時に、それが当たり前なんだって思えるから」

なんなの!? なんなのこの神々しい気配は!?

ドラゴンであるわたしが気圧(けお)される!? この高潔でかつ、すべてを包み込んでくるような無限の温かみ!?

これが母親オーラというものなの!?

「勝てない……!?」

いくらわたしが最強全能でも……いいえだからこそわからない。弱い者を慈しむなんて。弱ければ死ぬのが自然の摂理じゃないの!?

万象母神ガイアが竜の在り方を変えたとしても、弱者であったことのないわたしが弱いことを認めてあげられるのかしら?

ちゃんとしたお母さんになれるのかしら!?

「大丈夫ですぞ姉上!」

悩むわたしにポンと手を置いたのは、アードヘッグだった。

「なんで悩んでいるのかは知りませぬが、姉上のためならこのおれが協力しましょう! これからのドラゴンは助け合っていかねばならぬのですからな！」

「何を悩んでいるのか知らないのに軽はずみなこと言うな！」

アードヘッグ……。

これが助け合って生きるということ？

もしわたしがニンゲンたちのように雌雄で複製を作らなければならなくなったら……。

その相手は……!?

「そ、そうね、アナタにはいずれ協力してもらわないといけないことがあるわ……！」

「おお！　なんでも頼ってくだされ！」

「こればかりはわたし一人ではどうにもならないからね……ッ！」

いずれその時が来たら、アードヘッグには全面的に協力してもらうわ！

とにかくまずはニンゲンのつがいの作法をよく勉強してからね！

あとがき

岡沢六十四です。

『異世界で土地を買って農場を作ろう』九巻を、お買い上げいただきありがとうございます！

今回はあとがき一ページしかないのでマキです！

とにかくここまで応援いただきありがとうございます。

九巻を無事刊行できまして次は十！

二桁の大台です！

是非とも行きたい十巻で、再び皆様にお会いできることを切に願っています！

でも一番重要なのは読者様がこれを読んで楽しんでいただけるかどうかです。どうでしたか今回、楽しめましたか!?

とか書いてる間に一ページが終わる!?

イラスト担当の村上ゆいち先生と編集様いつもありがとうございます！　コミカライズ版の方もよろしく！

それでは十巻で！

十巻でえええええええッッ!!

作品のご感想、
ファンレターを
お待ちしています

あて先

〒141-0031　東京都品川区西五反田 7-9-5 SGテラス5階
オーバーラップ編集部
「岡沢六十四」先生係／「村上ゆいち」先生係

スマホ、PCからWEBアンケートにご協力ください

アンケートにご協力いただいた方には、下記スペシャルコンテンツをプレゼントします。
★本書イラストの「無料壁紙」　★毎月10名様に抽選で「図書カード（1000円分）」

公式HPもしくは左記の二次元バーコードまたはURLよりアクセスしてください。
▶ **https://over-lap.co.jp/865549140**
※スマートフォンとPCからのアクセスにのみ対応しております。
※サイトへのアクセスや登録時に発生する通信費等はご負担ください。

オーバーラップノベルス公式HP ▶ **https://over-lap.co.jp/lnv/**

異世界で土地を買って農場を作ろう 9

発　行　2021年5月25日　初版第一刷発行

著　者　岡沢六十四

イラスト　村上ゆいち

発行者　永田勝治

発行所　株式会社オーバーラップ
〒141-0031
東京都品川区西五反田7-9-5

校正・DTP　株式会社鷗来堂

印刷・製本　大日本印刷株式会社

ISBN 978-4-86554-914-0 C0093

【オーバーラップ　カスタマーサポート】
電　話　03-6219-0850
受付時間　10時～18時(土日祝日をのぞく)

第9回 オーバーラップ文庫大賞
原稿募集中!

イラスト：KeG

紡げ、魔法のような物語!

【賞金】

大賞…300万円
（3巻刊行確約+コミカライズ確約）

金賞……100万円
（3巻刊行確約）

銀賞……30万円
（2巻刊行確約）

佳作……10万円

【締め切り】

第1ターン 2021年6月末日

第2ターン 2021年12月末日

各ターンの締め切り後4ヶ月以内に佳作を発表。通期で佳作に選出された作品の中から、「大賞」、「金賞」、「銀賞」を選出します。

投稿はオンラインで！ 結果も評価シートもサイトをチェック！

https://over-lap.co.jp/bunko/award/

〈オーバーラップ文庫大賞オンライン〉

※最新情報および応募詳細については上記サイトをご覧ください。
※紙での応募受付は行っておりません。